大池戦記

―二条城公用金
山城国大池隠置ノ顛末―

宮澤洋一

郁朋社

大池戦記

——二条城公用金山城国大池隠置ノ顛末——

大池の位置

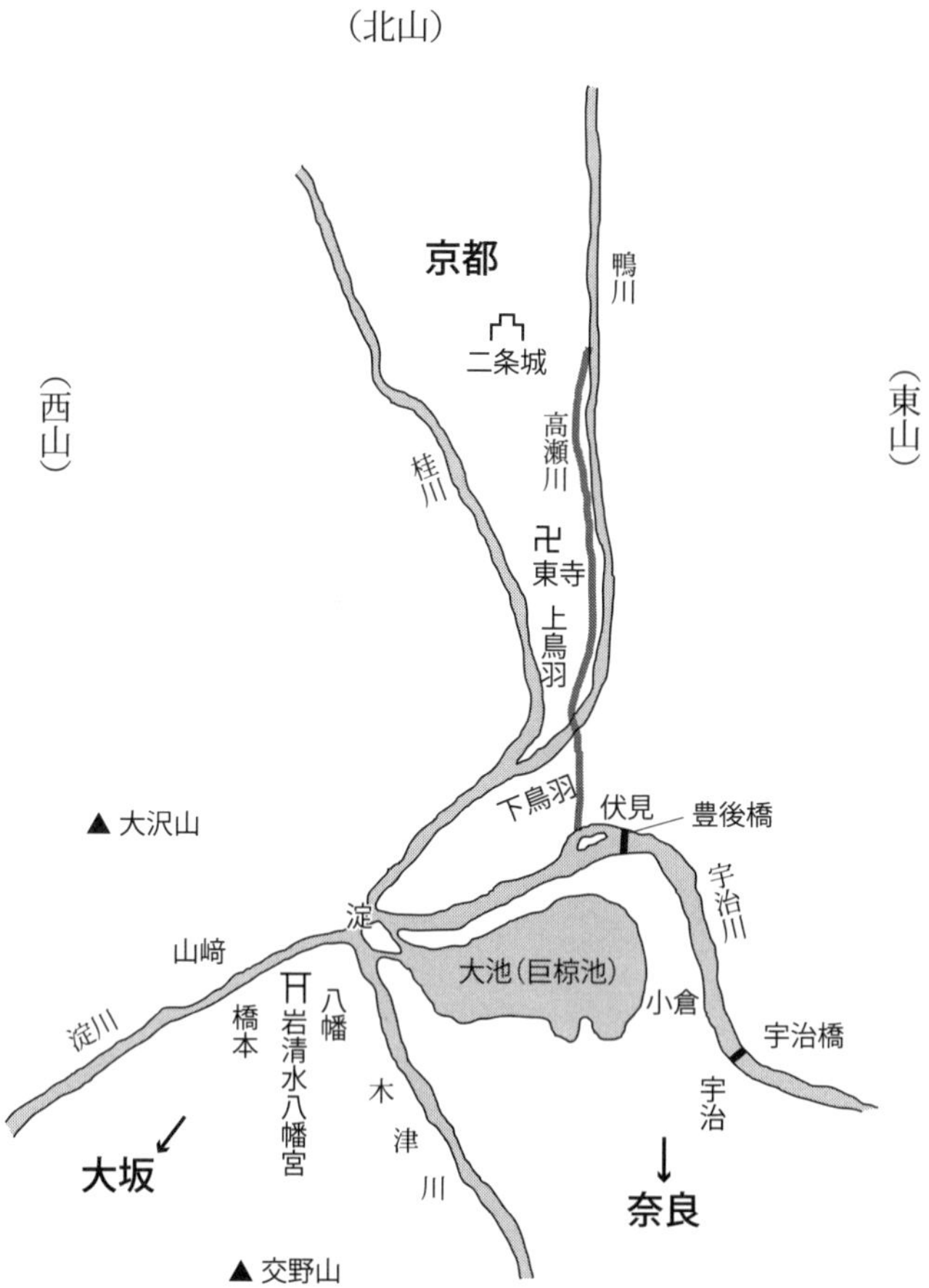

（北山）
京都
鴨川
二条城
（西山）
（東山）
高瀬川
桂川
東寺
上鳥羽
下鳥羽
伏見
豊後橋
大沢山
宇治川
淀
山崎
大池（巨椋池）
小倉
淀川
橋本
岩清水八幡宮
八幡
木津川
宇治橋
宇治
大坂
奈良
交野山

大池周辺図

（『特別展巨椋池』掲載の図をもとに作成）

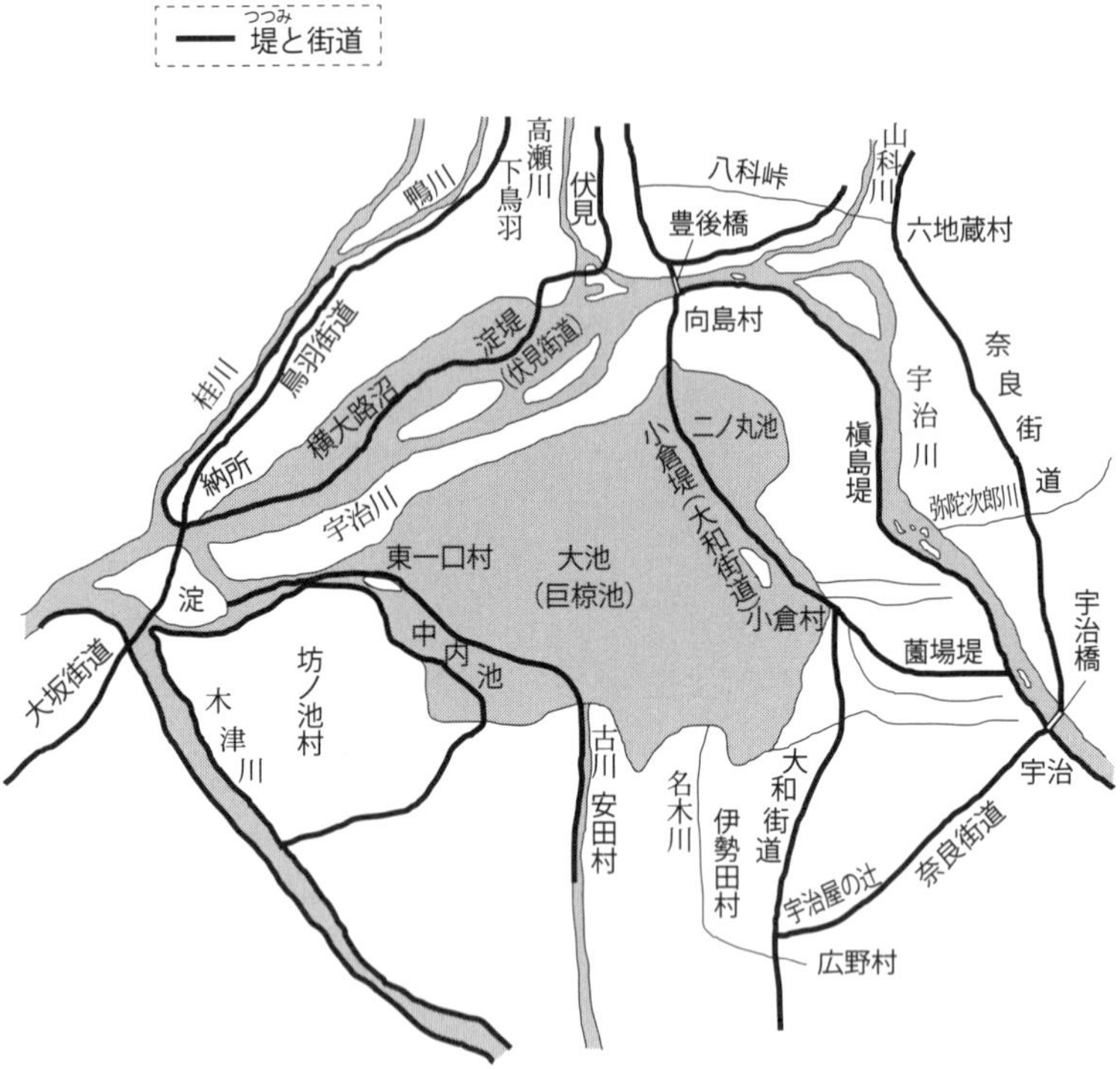

プロローグ

「さて、諸君。まだ授業時間が残っているので、余談を一つ」

「先生。余談はいいですから、自習にしてください」

海野が混ぜっ返した。網野には魂胆がわかっていた。早弁を掻っ込みたいのだ。サッカーの早朝練習で腹が減ったというわけだ。海野次郎は勉強よりもサッカーをするために学校へ来ているような高校生だ。ところが政治や社会問題には関心が強く、ただのスポーツ馬鹿と思って適当にあしらうと、しっぺ返しを食らうことになる。

「海野。話の腰を折らないでくれ。昼まであと十五分だ。待てるだろう。今ここで早弁したら、家へ帰るまでにまた腹が空くぞ」

「そうよ、海野くん。辛抱しなさいよ。武士は食わねど高楊枝って言うじゃない。もっとも海野くんは武士というより文字通りの餓鬼だからしかたないか。わたしは先生のお話を聞きたいわ」

例によって、関西出身の西上しのぶが海野をやり込めてくれた。網野は西上に感謝を込めてうなずいた。

「これから話すことは、一般にはまだ知られていない事実で、旧家で発見された古文書に書かれていたものだ。文書自体は上司に対する任務報告書だ。顛末書《てんまつ》あるいは手記と言ってもいいが、イコール鳥羽伏見《とばふしみ》の戦いの陰で行われたもう一つの戦いに関する記録となっている。そしてこの文書は、徳川の埋蔵金の行方を示しているのだ」

この言葉に、居眠りをしていた生徒たちが顔を上げた。網野はそれを見てニヤリとし、少し意地悪く言った。

「興味がなかったら寝ていてもいいぞ。大学の入試に出てくるような話ではないし」

だれも机に顔を伏せなかった。埋蔵金という言葉に釣られたのだ。

網野公彦はここでネクタイを少し緩めた。西上しのぶは話が横道に逸れると思った。ネクタイを緩めるのはその前兆だ。網野はいつも安物の吊しの背広に、自分で洗った化繊の白シャツを着て細身のネクタイを締め、白いズック靴をはいている。西上の祖父がときどき語る、昭和の高校教師のイメージそのものだった。

「で、この手記についてだが、その前に一つ。戊辰《ぼしん》戦争は鳥羽伏見の戦いから始まり、上野戦争、北越戦争に会津戦争そして箱館戦争つまり五稜郭《ごりょうかく》の戦いへと続くが、その間、薩長側は天皇の旗である錦旗を掲げて官軍と称した。一方の賊軍とされた彰義隊《しょうぎたい》や会津藩、奥羽越列藩同盟さらには箱館に拠った旧幕軍の旗はなんだと思う？」

網野の問いに、みな首をひねって考え込んだ。

「日の丸だよ。意外だろう。戊辰戦争は錦旗と日の丸の戦いだったとも言える」

「つまり、日本の国旗となっている日の丸は、賊軍の旗だったというわけですか」

「びっくりです」

生徒たちの反応に、網野はニヤリとした。

「奥羽越列藩同盟やゲリラ戦を挑んだ旧幕臣がすべて日の丸を掲げたわけではないけどね。そもそも日の丸は、日米和親条約調印後の嘉永七年（一八五四）七月に幕府が定めた日本の船印だった。外国船と区別をする必要に迫られたからだ。万延元年（一八六〇）に初の幕府遣米使節団がニューヨークの目抜き通りをパレードしたときには、沿道に日の丸の旗と星条旗が掲げられた。アメリカは船印を国旗として扱ったわけだね。その後、幕府は軍旗としても使うようになる」

「でも先生。徳川の旗印は三葉葵《みつばあおい》とかあるじゃないですか」

海野が疑問を述べた。

「それはそうだが、幕府は世界の中の日本国を意識し、みんなで使える共通の旗を作ろうと考えたのだろうね。そして日の丸に目を付けたというわけだ。日の丸は将軍家の船を示す幟に使われたことがあるからね。結果として、攘夷《じょうい》の果てに復古的な新政府を立ち上げた薩長は戊辰戦争で錦旗を翻し、そのやり方に不満を持った旧幕臣や奥羽越列藩同盟は、開国日本を象徴する日の丸を掲げた。わたしには、このことは戊辰戦争の本質を表しているように思える……」

網野は一瞬感慨にふけったが、すぐに海野が邪魔をした。

「結局、旗は何かを主張するために利用されるというわけですね。錦の御旗は、自分たちがクーデター軍ではなく官軍であると主張するために。現代の日の丸は、愛国者であることを強調したり、国威を発揚したりするために。単純に日の丸の旗が好きな人もいるでしょうけど、多くの人は賊軍の旗だったということは知らないと思います」

海野のストレートな物言いに、網野はドキッとした。海野は記憶ものに弱いので、日本史の成績はあまり良くない。が、歴史を教える教師にとっては楽しい生徒だ。理解力があり、批判精神が旺盛だからだ。教える側として本当にめんどうなのは、メディアに毒されている生徒たちである。テレビドラマや漫画、小説の虚構を真に受けて、事実を持ってしても修正が利かない。まして両親や祖父母の古い知識や解釈が頭の中にすり込まれている場合は、手に負えない。網野の頭に論語の一節が浮かんだ。

「まま、日の丸についてもさまざまな考えはあるだろうが、『学びて思わざれば即ち罔《くら》し。思いて学ばざれば即ち殆《あやう》し』というわけだ」

「はっ?」

生徒たちはきょとんとしたが、網野は意に介さず、一呼吸置いて言った。

「で、この戊辰戦争で一番痛い目に合ったのが奥羽越列藩同盟の諸藩、なかんずく会津藩だったことにも触れたけど、わたしは会津藩のことを思うたびに涙が出てくるね。白虎隊《びゃっこ》の悲劇は言うまでもないが、家老の西郷頼母《たのも》の母や妻、娘たちもまた自害をしている。傍若無人な振る舞いをする官軍の兵士たちに辱められた藩士の妻や娘たちも多い。降伏後は二十三万石から三万石に減封《げんぽう》されて、今の青森県むつ市近辺に移されたが、ここでの生活は困窮をきわめた」

「祖父が福島の中通り出身なので、二本松少年隊の悲劇について聞いたことがあります」

国公立大の教育学部をめざしている生真面目な森久子が言った。

「そうだね。二本松藩の少年隊は白虎隊よりも二、三歳若く、十三や十四歳の少年が数多く戦死した。まことに痛ましい」

網野は教壇を降りて机の間を歩きだしたが、本題に入らず、話は逸れっぱなしだった。

「これらの戦争は薩長土肥が無理やり仕掛けたもので、さっきも言ったように、奥羽越の諸藩は団結して自衛のために戦わざるをえなかった。結果、勝った薩長土肥は降伏した諸藩に対し、減封や転封《てんぽう》、指導者の処刑などをした。そして以後は白河以北一山百文、つまり東北ではひと山が百文の価値しかないと蔑んできた。平民宰相と謳われた原敬《はらたかし》は南部藩の出身だけど、その屈辱を忘れないために一山《いつざん》と号したと言われている」

森久子の目がキラリと光った。

「ちなみに、旧幕軍や奥羽越諸藩の戦死者は靖国《やすくに》神社に祀《まつ》られていない。祀られているのは、大雑把に言えば、戊辰戦争時の官軍と、日清戦争、日露戦争、太平洋戦争における旧日本帝国軍の軍人や軍属それに準軍属と見なされた人たちだ。官軍の先鋒として活動していた赤報隊《せきほうたい》の相楽総三《さがらそうぞう》たちも、ついこの前までは祀られていなかった。海野、なぜだと思う?」

「天皇の軍隊つまり官軍じゃないからです。靖国に祀って英霊として扱うのは、天皇の兵士たちだけなんでしょう」

「ご名答。赤報隊について言えば、薩長は赤報隊が掲げていた年貢半減というスローガンが邪魔になり、ニセ官軍と見なして処刑した。そして靖国には入れなかった。それはおかしいと子孫たちが運動を始めて、百年後になんとか英霊になれたというわけだ」

「先生。会津藩だって京都守護職時代は天皇を守る軍隊だったわけですよね。いわば官軍ではありませんか。逆に長州藩は蛤御門《はまぐりごもん》の変で御所に砲撃をした賊軍だったはずです」

森久子が少し憤慨したような調子で言った。

「前に述べたように、この辺の動きは複雑すぎて短い時間では説明しきれないが、一言で言えば、事実はその通りだ。鳥羽伏見の戦いでは、薩長は倒幕派の公家たちと共謀して少年天皇を利用し、官軍を僭称《せんしょう》した。そして徳川と会津、桑名藩を賊軍とした。錦の御旗や慶喜《よしのぶ》追討令などは捏造《ねつぞう》だと見る人もいるくらいだ。薩長は権謀術数が過ぎる。もっとも、その薩摩を指導した維新の元勲西郷隆盛《たかもり》にしても靖国神社には祀られていない」

「西南戦争で賊軍になったからですね」

「そういうことだ。西郷隆盛や赤報隊のことはともかくとして、『勝てば官軍』というのはどこか似ていないか。日清日露の戦争で勝って隣人たちを蔑視しはじめた日本人や、選挙で政権を握れば何でもやり放題と思っている政治家たちと」

海野がまた反応した。

「薩長にルーツがある連中は今でも威張っていますよ。幕府を倒して明治という新しい日本を作ったのはおれたちのご先祖さんだって」

「表面上はその通りだが、薩長が自分たちの行動を正当化するために、歴史的事実を取捨選択あるいは隠蔽したという面もある。徳川幕府は大政奉還《たいせいほうかん》をしたわけだから、戦争で倒す必然性はなかった。頑迷固陋《がんめいころう》で無能な打倒すべき幕府というのは、すべてとは言わないが、勝った薩長側の後付けの言い分だよ。論より証拠で、幕府はさまざまな改革を進めており、人材も豊富だった。だから結局のところ、新政府は旧幕府や東北諸藩の人材に頼らざるをえなかった。まして薩長は幕府を倒したあとの明確な国作りのプランも国家観もほとんど持ち合わせていなかったしね。明治に入ってしばらくは方針が目まぐるしく変わり、考え方の相違と主導権争いで揺れ動いたことが、そのことを如実に物語っている。勝者が語る歴史だけを信じていては、本当のところはわからない。文明開化と富国強兵だって、広く考えれば、天保の改革（一八四一—四三）以降に幕府が行ってきた多くの施策の延長線上にあるとも言えるのだ。明治維新における薩長などの働きを全否定するつもりはないが、幕府幕臣そして諸藩、在野の人たちの働きにもっと焦点を当てるべきだろうね」

ここで網野は教壇へもどり、机の上にある少し厚いプリントを配った。

「また道草をしてしまったが、これがそうだ。先ほど述べた、鳥羽伏見の戦いと同時に進行していた驚くべき事実の記録だ。とは言っても、定説となっている大きな流れを覆すものではないが、今後関連する史料や事実が見つかれば、歴史に新たな光を当てる可能性はある」

網野は話をいったん中断し、生徒たちの顔を見回した。関心がありそうに見えるのは半数ほどに思えた。

「で、このプリントだが、手書きで漢字だらけの候文の解読は、君たちにはまだ無理だ。解活字に翻刻しても難しいと思う。そこで、わたしが現代文で小説風に読みやすくした。解説を要するところは、註を入れると煩わしいので、本文に挟み込んだ。情景を思い浮かべ、想像力を駆使して読めば、退屈しないだろう。二、三時間もあれば読めるので、この週末に目を通してくれたまえ。次の授業のときに、その感想を聞きたい。わたしは国語の教師じゃないので、文章の巧拙についての感想じゃないぞ。中身だ」

西上しのぶと森久子は「はーい」と言うなり、前から順送りされてきたプリントの表紙に素早く目を走らせた。真ん中に日付と表題、記述者の写しが貼り交ぜにしてある。力強い筆致だ。その左横に翻刻したものが印字されており、『慶応四戊辰正月六日　二条御城公用金山城国大池隠置ノ顛末　倉田仁三郎《じんざぶろう》』と読めた。

森久子が質問した。

「初めて聞く名前ですが、この倉田仁三郎さんは幕府の方なのですか」

網野はよくぞ聞いてくれたという顔をした。

「その通り。鳥羽伏見の戦い前後は、永井尚志《ながいなおむね》という若年寄のもとで極秘任務を担当する旗本だった。世代的には近藤勇《いさみ》や土方歳三《ひじかたとしぞう》、坂本龍馬《りようま》らといっしょだが、幕末を舞台にした小説で描かれるほど派手な動きをした人物ではない。明治に入っても、多くの幕臣と同じく官途に就くことはなく、市井の人間として生を終えた」

「永井さんは老中の阿部正弘がペリー来航後に登用した人材の一人ですね。参考書に書いてありました」

「そうだね。授業で触れることはできなかったけれど、永井尚志は安政年間に幕府海軍の創設や諸外国との通商条約締結で活躍した開国派の官僚で、のちに将軍徳川慶喜のブレーン的存在となった優秀かつ開明的な人物だ。永井は文化十三年（一八一六）に三河国の譜代小大名の庶子として生まれたが、長じて旗本の養子となった。学問は昌平黌《しょうへいこう》で学び、俊才と謳われた。昌平黌は昌平坂学問所とも言われている」

網野はノートを取っている生徒たちのために「永井尚志」、「昌平黌」という漢字を黒板に書き、話を続けた。

幕府に出仕した永井は、甲府徽典館《きてんかん》学頭、目付、長崎海軍伝習所総監、外国奉行と順調にキャリアを重ねたが、安政六年（一八五九）、軍艦奉行のときに免職となる。将軍継嗣問題で一橋慶喜《ひとつばしよしのぶ》の擁立派だったことが災いし、大老井伊直弼《なおすけ》に疎まれたからである。三年間の謹慎生活ののち、永井は交渉能力を買われ、風雲急を告げる京都の町奉行として復活する。以後は二条城常駐の大目付、ついで大名職とされていた若年寄を歴任し、鳥羽伏見の戦いを迎えることになる。

倉田仁三郎は甲府勤番士の三男で、当時三十四歳。嘉永三年（一八五〇）、永井が徽典館学頭になったときの教え子だった。永井が甲府を離任すると倉田も江戸へ出て、佐久間象山《しょうざん》の五月塾で蘭学と砲術を、桃井春蔵《もものいしゅんぞう》の士学館で鏡新明智流《きょうしんめいちりゅう》を学んだ。やがて永井が目付に昇進すると、請われて家臣となり、要職を歴任する永井を支えた。

倉田も永井免職中は浪人となって身過ぎ世過ぎをしたが、永井が返り咲くとふたたび仕え、京都町奉行のときには用人として与力の職務を越える問題を担当し、大目付に変わると雄藩指導者との連絡役を務めた。そして永井の若年寄昇格とともに、京都見廻組与頭《くみがしら》格《かく》の旗本に取り立てられ、永井の家臣から幕府の直臣となったのである。

西上しのぶも聞いた。

「徽典館というのは学校ですか？」

「江戸にある昌平黌を本校とすれば、その甲府分校だ。甲斐国は享保九年（一七二四）に幕府の直轄領となり、甲府勤番支配という役職が置かれた。勤番士はこの勤番支配の配下として江戸から派遣された旗本や御家人で、甲府城の守衛などに当たった。徽典館は勤番士の子弟たちを教育するために設けられ、学頭には昌平黌の秀才たちが送り込まれた」

「昌平黌っていかめしい儒学を教えていた学校ですよね」

「朱子学をね。しかし昌平黌の教授や学生たちの中には、漢訳や和訳を通じて洋学を学んだり、西洋事情に親しんだりする者も多かった。だからだろうね。安政の開国を担った海防掛や初期の外国奉行の多くは、昌平黌出身の開明的な旗本たちだった。倉田はそのうちの二人、岩瀬《いわせ》忠震《ただなり》と永井尚志が徽典館学頭のときに薫陶を受けている。ちなみに二人は終生の親友だった。墨田区東向島《むこうじま》の白鬚《しらひげ》神社に岩瀬の墓碑が残っているが、その碑文は永井が書いたものだ。また神社の近くには、岩瀬が隠遁生活を送った岐雲園《きうんえん》という屋敷があり、永井も晩年はここで暮らした。友人を偲び、過ぎし江戸を懐かしんで、余生を過ごしたのだろうね」

網野は遠くを見つめる目になった。情景を心に思い浮かべているのだろう。

廊下が少し騒がしくなった。どこかのクラスが授業を早めに終えたらしい。網野は腕時計に目をやった。

「では、最後にこの手記の舞台である大池について話しておこう。大池というのは江戸時代の通称で、明治以降は巨椋《おぐら》池と呼ばれていた。過去形にしたのには理由がある。それについてはあとで話す。まずは場所だ。配ったプリントの最後を開いてくれるかな」

それは京都府南部、宇治川周辺の地図のコピーだった。琵琶湖を出た瀬田川はやがて宇治川と名を変えて峡谷部を出る。そして平等院の前を通って北の桃山へ向かい、観月橋の手前で淀へと西流、木津川、桂川と合流して淀川となる。その宇治川の南西にある広大な土地が薄い水色に塗られていた。

「色塗りした部分が大池つまり巨椋池のあった場所だ。伏見区と宇治市、久御山町《くみやまちょう》の一部を含む。周囲十六キロ、面積は八百ヘクタールなので、千代田区の三分の二ぐらいの広さだね。池と言うよりは湖に近いが、平均水深は九十センチほどで浅い」

「近鉄京都線で京都から奈良へ行くとき、宇治川を越えるとすぐ右側に見えてくる水田地帯ですよね。高速道路のインターチェンジやジャンクションもあるので、イメージしがたいですけど」

　奈良市で生まれ育った西上しのぶが言った。

「そうだね。巨椋池は干拓により農地に変身した。なぜ干拓したかというと、農地造成のためもあるが、水質が悪化したからなのだ。明治時代に大規模な河川改修があり、巨椋池は宇治川の本流と一つの水路だけで結ばれるようになった。これは川の流れをよくするためだったが、おかげで池のほうは循環機能が衰え、水質悪化を招いてしまった。そして漁獲量が減っていき、マラリアが発生するようになった。そこでこれを打開しようと干拓の気運が高まり、工事は昭和八年にスタート、八年後に完成した。だから、池のあった場所を巨椋池干拓地と呼んでいる」

「一度、洪水で以前の姿が見られたと聞いたことがあります」

「昭和二十八年の大水害のときだね。台風十三号による大雨で宇治川の堤防が決壊し、干拓地が水没した。伏見の指月《しげつ》の丘から見た人たちは、巨椋池がよみがえったように思えたらしい。さぞや懐かしかったろう。ネットを探れば、写真が載っているよ。干拓前の様子を偲びたかったら、『古寺巡礼』で知られる和辻哲郎のエッセイ『巨椋池の蓮《はす》』を読みたまえ。『現代日本文学大系四〇』(筑摩書房)に収録されている。学校の図書館にもあるぞ。それから忘れないでほしいが、観月橋の江戸時代の名前は豊後橋《ぶんごばし》だぞ。鳥羽伏見の戦いで焼失し、明治六年に再建されたのだが、そのときに名前を変えられたというわけだ」

西上しのぶと森久子の二人がメモしたのを見て、網野はニコリとし、それからまた時計を見た。

「おやおや、授業時間がなくなってしまった。基礎知識はこれくらいでいいだろう。感想を楽しみにしているよ。教科書の予習も忘れないように。『新政府の発足』から『立憲国家の成立』までは目を通しておいてね。では、また来週」

網野は意味深な笑みを浮かべ、教室を出ていった。

一

腹に響く音が伏見の方角から聞こえてきた。砲声だ。倉田は徳川の軍が入京前に薩長と衝突したのだと直感した。懐中時計を見ると、午後五時を過ぎていた。寺田村に入ったので、伏見までは二里（八キロ）ほどしか離れていない。

倉田は大坂城で若年寄の永井と最後の打合せをしたあと、生駒山地の北はずれにある交《こう》野《の》山《ざん》の中継ぎを点検し、宇治小倉《おぐら》村の吉田智右衛門《ともえもん》の屋敷へ向かう途中だった。小倉村は京と奈良を結ぶ大和街道沿いにある茶の名産地で、村の西端が大池に面しているため漁労も盛んだ。吉田智右衛門は大網元としてこの小倉村を仕切っていた。

茶畑の間に茶問屋が点在する通りを過ぎると、春日神社が夕闇の中に浮かんできた。空が暗くなるにつれ、大砲の音は激しさを増していた。本格的な戦になったのだ。数では圧倒的に勝っているはずの徳川軍がてこずっている。ひょっとして押されているのか。だとすれば永井の心配は現実のものとなり、倉田に与えられた極秘任務の実行は早まる。永井の企みは、徳川軍が入京できない場合に備えたものだったからである。

智右衛門の屋敷は、池の水位が高まっても浸水することがないように、小高い石垣の上に築かれていた。倉田が「ごめん」と言って門をくぐると、智右衛門の娘の信乃がうれしそうな顔をして出てきた。

「おかえりやす。暗くなったさかい、心配してました」

「申し訳ない」

倉田はそう言うと土埃《ほこり》を払い、式台に腰掛けて草鞋《わらじ》を脱ぎはじめた。信乃は女中が持ってきた湯桶を受け取り、足を洗おうとしたが、倉田はそれをさえぎった。

「お信乃さんに洗ってもらっては大池の神さまの罰が当たります。自分でやります」

倉田は桶を奪い、さっさと洗い始めた。

「相変わらずやわ。お武家はんとは思われしまへん。旅商人の格好かて、よー似合うてはるし」

信乃はケラケラ笑った。いつものことだった。智右衛門もすぐに出てきた。五十歳を越えてから漁など池の仕事は跡取り娘の信乃に任せ、自分は村の運営と所有する茶園の経営に専念している。

「お信乃は茶園を見回るより、池で魚を捕るほうが好きなもんでっさかい、男勝りの女子《おなご》に育ってもうて。身体もこない大きうなっては、だれも婿《むこ》に来てくれへんやろ思います。もう二十五になるというのに」

「いや、智右衛門どの。お信乃さんは大池の蓮のように気高く、清楚で美しい。しかも優しい気持ちと健やかな身体を持っておられる。そのうちお似合いの相手が現れますよ」

「あらら、浪速《なにわ》の商人みたいにお上手どすな」

「これこれ、お信乃。口が過ぎるで」

「智右衛門どの、よろしいではありませんか。お信乃さんと話していると旅の疲れも癒やされます」

座敷に入ると、智右衛門が「こんな時になんでっけど」と言って、酒と肴を持ってこさせた。倉田のために用意していたのだ。信乃も少しはいける。話はもちろん戦についてだ。智右衛門は砲声を聞くと、宇治川の豊後橋の南詰まで馬を走らせ、逃げてきた人々に話を聞いてまわったという。

「わたしが行ったちょうどそんとき、豊後橋が焼け落ちるとこどした」

「そりゃ大変だ。しばらくは宇治橋へ迂回するか、渡し舟を使うほかないですな」

倉田は明日中に京へもどらなければならなかった。

「仕方がありまへんな。ほんで最初に戦が始まったんは上鳥羽《かみとば》で、徳川方が京へ向かって鳥羽街道を行軍してきたとこへ、薩摩が突然砲撃したそうどす」

「すでに待ち構えていたというわけですか」

「そのようどす。しばらくは通せ、通さないと押し問答を繰り返しとったちゅう話も聞きましたさかい」

「…………」

「伏見のほうは、薩摩が早うから北の御香宮《ごこうのみや》さんと東の桃山に陣地を築いとって、鳥羽の砲声を聞くや否やお奉行所へ大砲を放ったと。ほんで新選組と会津の刀槍隊がすぐに御香宮さんへ突撃したもんの、長州の歩兵が西側から銃撃してきたさかい、押し返されたっちゅう話どした」

倉田は話を聞いて、伏見奉行所の徳川軍は明らかに不利だと思った。薩摩の砲隊は小高い位置にある北と東の二方向から、低い位置にある奉行所へ狙い撃ちができる。そうなると刀や槍では容易に突っ込めないし、歩兵も銃を撃つとすぐに前と横から撃ち返される。

鳥羽のほうの徳川軍は、敵の罠《わな》へ自ら飛び込んでいったようなものだ。体勢を立て直したとしても、苦戦を強いられているだろう。

それにしても徳川軍上層部は、薩長が入京を妨げることを想定していなかったのだろうか。なぜ大軍を鳥羽と伏見にだけ配分したのだろう。万一の場合には敵の背後や側面を突けるよう、西国街道の東寺口や東海道の粟田口《あわたぐち》へ向かう部隊を設けるべきだった。今朝の永井さまの話では、慶喜公は京に入るまで戦をするなと命じたという。そうであっても、敵地へ向かうときは抜かりなく、警戒を怠らずに行軍すべきではないのか。

「智右衛門どの。明日の戦況しだいだが、決行が早まりそうな予感がする」

「はい」

「薩長は徳川を討つ覚悟を固めているのだ。数に劣るといえども侮ることはできない。徳川方が勝つにしても、京都へ入るのは手間取るだろう。負ければ入京はできない。いずれにしても一度我が軍を押し返したら、薩長はすぐに二条城を取る」

「その前に決行せんと、御城に入るのは難しうなりまんな」

「だから、早ければ明後日には決行の合図が来ると思う。あくまでも戦況によるが」

「永井さまも戦の行方を見守ってはるでっしゃろな。いずれにせよ、わてらのほうは明日の夜以降いつでも動けますわ。舟は朝早う浜を発ちましたんで、今頃は二条の一之船入《いちのふないり》に溜まっていると思います。戦場になる前に伏見を通れてよかったどす。念のため、船頭たちには、積荷は御城に残っている慶喜公の身の回りのお品とだけ伝えております。余計なことは知らんほうが身のためでっさかい」

信乃も言った。

「わたしは樋門《ひもん》の点検で遅うなりましたが、明日昼過ぎに宇治から山科《やましな》経由で京へ入り、船頭たちと合流します。夜には壬生《みぶ》の隠れ家へお伺いいたします」

「樋門の点検？」

「宇治川に設けてある樋門どす。父が万一のためや言い張って」

「歳を取ると心配性になりますにゃ」

倉田はけげんな顔をしたが、二人ともそれ以上の説明をしなかった。話がすむと、倉田は浜辺に出た。寒風が吹いている。あたりは暗いが、伏見の方角は空が赤黒い。市中が燃えているのだ。倉田は気分が暗くなった。戦は人々の暮らしを破壊する。ときおり砲声が聞こえてきた。

「まだ戦ってはるんでっしゃろか」

信乃の声がそばで聞こえた。気を利かせて提灯《ちょうちん》を持ってきたのだ。

「何を争ってるんかわかりまへんけど、もっと話し合ったらよろしゅうおす。殺し合いなど解決方法としては下の下どす」

「そうだな。そのうえ、どっちが勝っても、この戦いは長引く。戦場は広がり、天下分け目の戦いになるだろう。外国との交際を進め、新たな国の基を築かねばならないときに、日本人同士で争う場合ではないのだが」

「薩摩や長州の方々は徳川さまに取って代わりたいんでっしゃろか」

「おそらくは……」

ふた月半ほど前の十月十四日、将軍徳川慶喜は武力倒幕をめざす薩長の機先を制し、朝廷に政権を返上した。大政奉還である。慶喜は、自らが主導する合議制の新しい政体を作るために、時を稼いだのだ。

以降、時局はあわただしさを増していった。そして十二月九日。突如として天皇から王政復古の大号令が発せられた。摂政や関白、将軍職を廃止し、天皇のもとに総裁、議定《ぎじょう》、参与の三職を設け、皇族、公卿と諸侯や雄藩指導者を中心とする新政府を作ると宣言したのである。慶喜は除外された。これにともない京都守護職、所司代、町奉行所なども廃止され、新政府が京の治安と警察権を手中にした。倒幕派による巻き返しだった。

その三日後、徳川慶喜は二条城を出た。前京都守護職の会津藩主松平容保《かたもり》と前所司代の桑名藩主松平定敬《さだあき》らを引き連れて大坂城へ引き下がったのである。慶喜がおとなしく京都から退去したのは、とりあえず一触即発を避けて、大坂城の軍事力を背景に自分の構想を実現させるためだった。

新政府と言っても一枚岩ではなく、過激な武力倒幕派と穏健な公議政体派の二つがせめぎ合っていた。薩摩など倒幕派は慶喜を政府から排除するだけではあきたらず、慶喜の官位剝奪と徳川家の領地返上を主張していた。一方、越前の松平春獄《しゅんがく》ら公議派は、徳川を含めた諸藩の合議で政府を運営していくべきだという考え方で、このままでは武力衝突になると倒幕派を説得していた。しばらくは綱引きが続いたものの、四日前に妥協が成立したのである。それは慶喜がふたたび京都に入り、議定に就任して国政にたずさわるという決着であった。慶喜はいずれ新政府の実権を握ることができると踏んでいた。

ところがそのすぐあとで、江戸から驚天動地の知らせが入った。薩摩藩の手の者たちが江戸城二の丸に火を付けたというのだ。江戸近辺で放火や強盗、乱暴狼藉《ろうぜき》を繰り返した揚げ句の果てである。慎重だった江戸の老中たちは、ついに薩摩藩邸の焼き打ちを命じた。

堪忍袋の緒が切れて、薩摩の挑発に乗ってしまったのである。知らせを聞いた大坂城にいる旗本たちも、薩摩藩を討つべしと憤った。

慶喜は幕府の強硬派を押さえきれなくなり、ついに「討薩《とうさつ》の表《ひょう》」を発した。すなわち王政復古後の事態は薩摩藩の奸臣による陰謀であると断定。彼らの引渡しを求め、応じなければ誅殺すると宣言したのである。

翌一月二日。徳川軍は慶喜の先供《さきとも》として入京するため大坂城を進発した。兵力は徳川歩兵隊に会津、桑名などの諸藩兵と新選組や見廻組その他を合わせて一万。一方の京都近辺にいる薩摩軍は三千で、これに長州が一千。いまだ旗幟不鮮明な土佐を加えても、せいぜい五千と見られていた。兵力的には圧倒的に徳川軍が優位に立っており、大坂城にはなお五千の後詰めの兵が残っていた。

「それにつけても倉田さま。公方さまは聡明なお方だと伺っておりまっけど、あの猛々しい薩摩がおとなしゅう徳川の軍勢を通すと思いはったんでっしゃろか?」

信乃がズバリたずねた。

「慶喜公の心の内まではわからないが、洛中に入るまでは戦うなとお命じになったらしいから、徳川の大軍を目にすれば薩摩はおとなしく引き下がると思われたのだろう。公家は無力であり、風見鶏の諸藩はいざとなれば徳川になびく。すなわち薩摩は孤立する。そうお考えになったことは間違いない」

「ほんでから公方さまは残りの軍勢とともに堂々と二条の御城へ入らはり、薩摩を処分されはる。そないなおつもりどしたんか」

「おそらくは」

永井は慶喜が思うほど容易に入京できるとは思っていなかった。だからこそ、極秘の任務を倉田に命じたのである。倉田は血をみることなく達成するつもりだったが、予想より早くしかも本格的な戦になってしまった。そうなると目算が狂ってくる。そう簡単に事は運ばない。

倉田は提灯に照らされた信乃の顔を見つめた。日々、池や川で働いているので少々陽に焼けてはいるが、若い女らしい張りのある素肌がまぶしい。そのうちに近在から婿を迎えて、幸せな一生を送ることだろう。

「お信乃さん。わたしと行動を共にするのは止めてくれないか。危険すぎる」

「今さら何を言わはります。わたしはこの大池はもちろん、高瀬川《たかせがわ》から宇治川、淀川まで知らんことはおへん。船頭さんたちもわたしの言うことをよう聞いてくれはります。そやから、かならず倉田さまの役に立ちます」

「それはわかっているが、お信乃さんの身に何かあったら困るのだよ。智右衛門どのに申し訳が立たない」

「父の許しはとっくに得てまっさかい、なんも困るようなことあらしまへん」

倉田はぴしゃりと言われて、それ以上何も言えなかった。

二

明くる四日の朝。倉田は京へもどりがてら戦場を見るため、霧に霞む大和街道を伏見へ向かった。小倉村から少し行くと三軒家という集落で、街道はここから小高い小倉堤の上を進む。道の両側には町家が建ち並び、その間からときおり青深い池水が見える。左手は大池で、霧がなければ、淀城や天王山、男山を望むことができる。右手にあるのは大池より小ぶりの二ノ丸池だ。小倉堤が造られたときに大池から分離されたもので、その先には田畑が広がっており、槇島堤《まきしまつつみ》が宇治川と隔てている。

豊後橋が近づくにつれ、焦げ臭い空気が漂ってきた。倉田はまだ燻《くすぶ》っている橋の残骸の手前で立ち止まり、伏見の町に目をやった。霧のせいで見えなかったが、下鳥羽と思われる方角から砲声が聞こえてくる。戦いがふたたび始まったのだ。

ほどなく冷たい北風が霧を吹き払い、目の前に伏見奉行所が現れた。砲火にやられ、無残な姿となっている。目をこらしてつぶさに見る。ときおり黒い戎服《じゅうふく》と円錐形の笠を着用した薩摩兵が見え隠れするだけで、徳川兵の姿はなかった。奉行所から西へ目を移すと、中書島《ちゅうしょじま》、浜町あたりまで家々が焼け落ちている。中書島から散発的に銃声が聞こえてきたが、それもやがて途絶えてしまった。

倉田は智右衛門に教えられた向島《むかいじま》村の漁夫を訪ねた。豊後橋の少し上流に住んでおり、橋が使えないときには渡し舟の船頭もする。戦の最中とあって船頭は渋ったが、銭をはずむと、指月《しげつ》の浜までを条件に承知した。

浜に渡り、月橋院《げつきょういん》それから西運寺《さいうんじ》の前を通って西へ進んだ。哨兵《しょうへい》が奉行所の辻で目を光らせている。倉田が近寄っていくと、一人が誰何《すいか》した。

「おはん、どけ行っとじゃ」

「へい、奈良から京へまいる途中でございます。豊後橋が落ちていたので、びっくりいたしました。伏見街道は通れまっしゃろか」

倉田はいかにも奈良の商人らしく振る舞い、腰を低くしてたずねた。

「徳川ん腰抜けどもが逃げていったで通るいじゃっどん、中書島んほうはまだ残党がおっかもわからんで、流れ弾には気を付けやんせ」

「へい。おおきに」

剽悍《ひょうかん》な薩摩兵にも心優しい人間がいるのだと、倉田は妙にほっとした気持ちになった。開港以来、世の中は不穏になり、すぐに刀を抜く輩が増えてきた。その果ての戦である。人々はおだやかな日々を早く取りもどしたいだろう。

奉行所の横を通るとき、破壊された塀の中をのぞいてみた。いたるところに戦死者が横たわっている。手足がばらばらになっている死体が多く、大砲の威力のすさまじさを物語っていた。

焼けた町家の間を通り、伏見の河港へ向かう。逢来橋《ほうらいばし》と京橋の前でも薩長の兵が警戒していた。薩摩は円錐形の笠をかぶり、長州は扁平な韮山笠《にらやまがさ》だ。違いはわかる。日頃は京坂を往来する旅人で賑わう河港も、旅宿や商店の多くが焼き尽くされ、人々の姿はなかった。

倉田は逢来橋から北へ上がり、焼け残った店の前で話をしている二人の住民をつかまえた。

「このへん、戦は終わったんでっか？」

「そない思いますわ。いやあ、桃山の奥まで逃げたんでっけどな。夜中までうるそうて眠れまへんどした。火ぃも燃え広がりましたさかいなあ。かないまへんわ。江戸のお侍さん方は昨晩のうちにお奉行所を出て、中書島に拠ったらしいでっせ。そやけど、今朝になってろくに戦いもせず、淀へ退却したっちゅう噂どすわ」

「きのうは様子見をしていた土佐のお侍さんも薩摩と長州のお味方を始めたっちゅう話でっさかい、徳川さんも大変や。わたしらも迷惑どす。戦なんぞ早う止めてほしいわ。やるんやったら関ヶ原かどっか、人がおらんとこでやってほしいわなあ」

「そやそや」

倉田はブツブツ文句を言いだした男たちに礼を述べると、砲声を頼りに、河港から西北にある下鳥羽の戦場へ向かった。

下鳥羽村は田畑が広がる平地で京と淀の中間にあり、いずれにも一里（四キロ）ほどだ。西側を鴨川《かもがわ》が流れ、川に沿って鳥羽街道が走っている。街道は京七口の一つ東寺口を出て鳥羽から淀へ向かい、淀からは大坂街道となる。ちなみに、京の五条口から発する伏見街道は、伏見を経て宇治川の淀堤を通り、淀の手前で鳥羽街道と合流する。

倉田は戦場を一望できる場所を捜し、双方が対峙している前線から東へ三町ほど離れている大クスノキによじ登った。見ると、徳川軍は左手の集落の手前に米俵で陣地を築いていた。薩摩軍は右手の田畑と街道や河原に散開しているが、陣地から撃たれる大砲と小銃に阻まれて前進できないようだった。

やがて河原と街道からほぼ同時に大砲が撃たれた。十字砲火だ。玉は陣地に命中し、徳川軍の大砲が沈黙した。時を合わせたように薩摩の応援部隊が駆けつけ、陣地を側面攻撃した。徳川軍はたまらず総崩れとなり、淀の方向へ敗走していった。

このまま押されると、徳川軍は淀で体勢を立て直すしかない。倉田はそう見て取り、壬生村の隠れ家へもどることにした。味方を見捨てるようでつらかったが、明日以降いつでも動けるように、仲間と打合せをする必要がある。永井が恐れていたことが現実になりそうだった。

隠れ家はまわりを田畑で囲まれた小さな寺だが、二条城は指呼《しこ》の間《かん》にあった。新選組の屯所として使われていた豪農八木家も近い。倉田が寺に入ると、借りている書院に明かりが灯っており、黒鍬之者《くろくわのもの》組頭の三村義一郎《みむらぎいちろう》が帰っていた。

「倉田さん。始まりましたね」

部屋に入るなり、三村が言った。

「ああ。それも負け戦になりそうだ。新式の元込め銃を持った伝習隊の歩兵や、陣地を築造する土工兵は奮戦しているが……」

倉田は三村に自分が見聞きしてきた戦場の様子を語った。三村も鳥羽を探ってきたので、思ったことを述べた。

「我が軍は指揮官たちの戦法がなっていません。敵が待っている狭い街道を、二列の密集隊形で無理やり突っ込んでいったと聞きました。緒戦もその後もそうです。策がなさすぎます。一方の薩摩は軍略が融通無碍《ゆうずうむげ》で、大砲の使い方に長けています。兵力の差を補って余りあります」

「やはりそうか。悪い展開になってきたな」

倉田は眉を曇らせた。

「どうやら二条城を薩長に取られる公算が大きくなったようだ。永井さまからの合図は早く来るだろう。明日の晩かもしれない。交野山の中継ぎは準備が整っていたが、大沢山のほうはどうだった？」

「あちらも大丈夫です」

三村は京都の西山にある大沢山の中継ぎを点検してきた。合図は大坂城から交野山と大沢山の二つの中継ぎを経て京都へ送られてくる。

永井が倉田に命じた極秘の任務は、二条城御金蔵の公用金十二万両の回収だった。慶喜は大政奉還をしたものの、ふたたび政治の実権を握るつもりで、その工作資金十万両を大坂城から二条城の御金蔵へと秘密裏に移していた。二条城に以前からあった予備金の二万両を加えると十二万両となる。

ところが薩摩と過激派の公家が王政復古という強硬手段に出たため、一触即発を避けようと、慶喜は二条城をいったん退去することにした。その際留守居役と警備部隊を置いただけで、金は運び出さなかった。慶喜は薩摩が二条城を奪い取ることはありえないと考えていたし、近いうちに再入城するつもりだったからだ。上洛がすんなり行けば、何も問題はなかった。

永井はそれを危ぶんだ。慶喜が大坂へ下ると永井は若年寄に抜擢され、京にいる公議派の土佐、越前、尾張三藩と慶喜の処遇をめぐって協議を重ねてきた。その耳に入ってくる話を考え合わせれば、薩長には慶喜をふたたび入京させるつもりはなく、むしろ朝廷を抱き込んで討幕する方針を固めたという結論になるからだ。

戦いが長期戦や負け戦になった場合、兵力が手薄な二条城は占拠され、薩長は金を奪って軍資金とするだろう。その前に運び出す必要があった。戦にならなくとも、万一に備えて大坂城に金を移しておくほうが安全だった。もちろん勝てばいいのだが、二度目の幕長戦争では幕府が敗退したように、絶対勝つという保証はない。永井は慶喜にそのように忠言したのだが、自信家の慶喜は聞く耳を持たなかった。そこで永井は手遅れにならないうちにと、独断で倉田に公用金の回収を命じ、二人で密かに計画を練ったのである。倉田は京都一帯の地理に明るく、人脈も持っていた。

その後、慶喜が入京して議定に就任することで妥協を見たが、慎重な永井は引き続き倉田に準備を進めさせた。薩長が強硬手段に出る可能性を捨てきれなかったからである。

計画はこうだった。実行の総指揮は倉田が執り、副官格としてこれも永井が信任する三村義一郎が加わる。三村は大坂城在勤中の黒鍬之者の組頭だが、万延元年（一八六〇）の遣米使節に従者として付いていき、アメリカを見てきた男だった。見識も判断力もある。その部下の黒鍬之者たちは土木と輸送の技能者であり、公用金を大坂城から二条城へ運び込んだのは彼らであった。したがって持ち帰りも適任だった。十二万両は二千両箱で六十個になる。

行動の開始はもちろん人目に付かない夜間だ。大坂城にいる永井が状況を見極めて決断し、京都の倉田へ作戦開始の合図を送る。合図は松明《たいまつ》による火振りだ。それを望遠鏡で遠見する。大坂堂島の米相場は旗を振って伝達するが、その夜版と言っていい。

問題は二条城へ出入りする方策だった。新政府の市中巡邏隊《じゅんらたい》に捕まらないようにしなければならない。しかも二条城にいる警備部隊をもあざむく必要がある。知られてはならない隠密の任務だからだ。侵入できたとしても、六十箱もの二千両箱をひそかに持ち出すのは難しい。

かつて二条城の御金蔵を破った盗賊が一人いた。寛政九年（一七九七）のことで、御金蔵から小金塊二千両分が入った箱を二つ盗み出し、半年後に捕まった。自供によれば、男は盥《たらい》で堀を渡って石垣を這い上り、石落としから城へ侵入した。そして御金蔵を破ると箱を開けて金塊を小分けし、城と堀端《ほりばた》を何度か往復して運び出した。

これは数量が少なかったうえ単独犯行だったので、人の目に付くことなく盗み出せたのだ。六十箱ともなるとそう簡単にはいかない。

倉田は頭を悩ませているうちに、知り合いの四条の屎《くそ》問屋、丁子屋《ちょうじや》が語ったことをふと思い出した。二条城に将軍一行が滞在するようになってから、将軍の警護や城の警備に当たる番衆の数が増え、屎尿の汲み取りが追いつかなくなったという話だ。しかも悪臭を嫌ってか、番衆小屋の汲み出しは宵の五ツ（午後八時）から四ツ半（午後十一時）までになったので、取り子を集めるのに難儀しているとも言った。

これだ。屎集めを偽装すれば城に入れる。屎桶を積んだ荷車を引く男たちが夜間に出入りしても、疑われることはない。時間的にも都合がいい。ただし町の屎問屋は、本丸御殿や二の丸御殿の厠《かわや》には出入りできないのが決まりだ。御金蔵は二の丸御殿を囲む築地塀《ついじべい》の内にあるので、ここは黒鍬之者に頼るしかない。

城から運び出したあとは、屎舟に積んで鴨川のすぐ西側を流れている高瀬川を下り、伏見へ出る。そして宇治川から淀川を進めば、大坂城までは文字通り一瀉千里《いっしゃせんり》だ。この経路が安全であり、もっとも早い。

高瀬川は開削した角倉《すみのくら》家が管理と運営を支配しているので、協力は得られる。角倉は京の豪商として考えられがちだが、二〇〇石の歴とした徳川の旗本であり、代官に任じられている。その拝領屋敷は高瀬川の一之船入のそばにあるので、何かと都合がいい。もっとも、子細を打ち明けて実際の運搬までさせるわけにはいかない。事が発覚すれば新政府に真っ先に疑われ、追及される。適当な理由を述べて通行の便宜を図ってもらうだけにとどめる。とすると、舟と船頭の調達先をどうするか。

永井は宇治小倉村の大網元吉田智右衛門の名を挙げた。倉田も用人のときに会ったことがあるので、智右衛門のことは知っていた。智右衛門は幕臣ではないが、畿内で一朝事あるときは一統を引き連れて若年寄の指揮下に入り、大池、宇治川、淀川、木津川で人員物資の輸送と連絡の役を務めることになっていた。

　これは大坂の陣で智右衛門の先祖が徳川方の兵糧輸送に協力して以来の決まりで、その見返りとして、吉田家には山城一国の河川と大池における自由航行権それに漁の権利を与えられた。さらに代々の苗字帯刀を許され、配下の舟と船頭たちを維持していくための土地も得ている。

　智右衛門はこの土地を父親から受け継ぐと、茶畑として開発し、肥料となる屎を京の屎問屋から買い入れていた。問屋が仕入れた屎桶は高瀬舟に積み込まれて高瀬川を伏見まで下り、そこからは自前の舟で小倉村まで運んだので、吉田の船頭たちにとって屎桶の運搬はお手の物だった。しかもあとでわかったことだが、好都合なことに、取引先の屎問屋は四条の丁子屋だった。

　倉田が話を通すと、智右衛門は一も二もなく承知し、跡取り娘の信乃とその配下を手伝わせることにした。信乃は漁師たちを顎一つで使いこなせる男勝りの娘で、大池はもちろんのこと、高瀬川や宇治川も熟知していた。これで大筋は決まった。倉田は三村と細部を詰め、支援要員の選択と荷車の調達など準備を進めた。

そうこうしているうちに、江戸における騒擾《そうじょう》事件の影響で、思っていたよりも早く戦になってしまったのである。新政府が京都を制していることは前提のうえだったが、明らかに敵味方に分かれる戦となると、困難度と危険性が増す。しかも緒戦は徳川方の負けで、伏見を押さえられ、淀まで引き下がる破目になった。

倉田は憂い顔で言った。

「高瀬川の通行はまだ問題ないと思うが、伏見周辺は薩長に押さえられてしまった。宇治川に乗り出そうとすると、敗残兵や武器を隠しているのではと疑われ、荷を徹底的に改められる可能性が高い。通れたとしても淀までの間は危険すぎる」

「敵中突破ですからね。怪しいと思われたら狙撃されます。陸路をとっても、鳥羽街道から大坂街道を行くのは問題外ですし、西国街道を進むのも危ないでしょう。要所を長州や芸州など西国諸藩が押さえている可能性が高いので」

三村も沈んだ声だった。

「それに牛馬や大八車を集めるのも困難となる。すでに徴用されているだろう。集めることができたとしても、敵方の検問に遭遇したら逃げ場がない」

二人が頭を悩ませているところへ、信乃と三人の助っ人が相次いでやって来た。三人はいずれ劣らぬ特技の持ち主で、問題が発生したときに頼りになる男たちだ。二千両箱の搬出と運搬は黒鍬之者たちだけでもできるが、倉田は時々刻々と変化する情勢に備えたのである。

みなで車座となり、倉田の左に三村、そのとなりに京都東町奉行所の元与力である深谷礼次郎が座った。倉田が永井奉行のもとで特命事項を担う用人だったときに親しくなった人物である。四十を越えて隠居の身だが、小太刀の遣い手であり、弓術も三十三間堂通し矢の千射の部に出たことがあるほどの腕前だ。元与力とあって山城一円の地理に詳しく、独自の情報網を持っている。

続いては信乃。男のような総髪にし、股引をはいている。頬被りをすれば女だとは思われないだろう。そして四条に店を構える丁子屋の番頭、忠兵衛。丁子屋は市中の屎尿を集めて宇治の茶園などに肥料として卸す屎問屋の大手で、智右衛門の取引先だ。当然、信乃とも顔見知りである。忠兵衛は二十八歳で、特技は足の速さと京童《きょうわらべ》らしく飛礫《つぶて》だ。棹と糸を使って小石を振り飛ばす振り飄石《ずんばい》なら、一町（一一〇メートル）先の的に当てることができる。商いをやっているだけあって口達者でもある。最後は山科で猟師をしている森野孝助だ。三十歳を越えたばかりで、数年前までは武家奉公人だった。言うまでもなく火縄銃の名手であり、かつ大力無双だ。

倉田はみなの顔を見回すと、話の口火を切った。

「とうとう戦が始まった。しかもどうやら緒戦は負け戦のようだ」

「やはりそうですか。きのう、薩摩が黒谷《くろだに》の会津藩本陣を襲い、残っていた武器弾薬に金品までかっさらったと聞いたので、もしやと思ったのですが」

深谷がそう言うと、三村はあきれた。

「武器弾薬はともかく、金品までも持っていったのですか。からっぽの本陣へ入って盗みを働くとは、まるで空き巣狙いだ」

倉田が混ぜ返した。

「おれたちも似たようなものだ」

「確かに」と、みな大笑いした。

「冗談はさておき、以前話した計画通りにはいかなくなった」

「伏見湊《みなと》は危険で通れないというわけですね」

深谷はさすがに察しが良かった。

「そうです。そこでいま一度計画を点検し、運ぶ経路を確認しておきたい。薩長が淀の戦いに勝てば、二条城を接収するのは時間の問題だ。早ければ明日の夜には、永井さまから決行の合図が来ると思う」

一同うなずいた。

「合図はまず、大坂城から生駒《いこま》山系の北の端にある交野山の観音岩へ向けて、松明が振られる。五里（二十キロ）ほどの距離だ。次に観音岩から西山の大沢山へ中継ぎをする。淀川を挟んで隔たりは四里。最後は大沢山から丑寅の方角へ四里の、東山中腹にある丁子屋別宅に送る。うまくいけば大坂城から五分ほどで東山に届くはずだ。ここまではすべて三村配下の黒鍬之者たちが二人一組で実行する」

「そんなに遠くまで見通せるのですか。しかも夜間に」

深谷が口をはさむと、三村が答えた。

「米相場の旗振り屋の望遠鏡よりは遠くまでよく見える、フランス渡りのものを持たせています。また、見通しをよくするために樹木の伐採や櫓《やぐら》組みをしました。心配はご無用です。しかも闇の中に松明が燃えているわけですから、見損なうことはありません。懐中時計を持たせているので、時刻のずれもあまりないでしょう。念のため、試しもしています。ちょうど今頃やっていると思います」

「で、東山の別宅には早足の忠兵衛が待機し、ここまで知らせに走る。つまり合図が送られてから小一時間で、城に入れるということだ」

丁子屋の忠兵衛が確かめた。

「合図はこうでございますね。左右に二回振れば決行。四回振れば中止。上にあげたまま振らなければ、次の合図を待つちゅうことで。合図の時刻は暮れ六ツ、六ツ半、宵の五ツ、五ツ半、四ツ」

「その通りだ。それから忠兵衛。みなもだ。せっかく懐中時計を支給したのだから、時刻は時計の文字盤で告げてくれ」

「あ、そうやった。六時、七時、八時、九時、十時どすな」

時計に慣れていない全員が笑った。

「三村。合図の有無に関わらず、屎車を明日の夜七時半には神泉苑《しんせんえん》前に待機させてくれ」

「手はずは整っています」

「それから、あとでみなに渡すから、屎の汲み取り人らしく野良着を着てくれ」

ここで孝助がたずねた。

「二条城にいるのは味方の侍たちなのに、なぜ屎屋を装おうのですか」

「孝助にはまだ言っていなかったな。慶喜公は二条城を退去されるときに、城の警備を水戸藩の大場一真斎《いっしんさい》という家老とその配下の藩士二百人に命じたのだ。彼らはもともと尊王攘夷の思想が強い一党なので、反幕府の連中から敵視されず、無難だと思われたのだろう。だが、われわれにとっては危険だ。彼らには老中や若年寄の命令だと言っても通用しない。慶喜公が許可した証しを示せと必ず言うだろう。承諾なく公用金を引き取りに来たとわかれば、問題にされて面倒なことになる。なにしろ頭の固い連中だからな。しかも尊王の度合いが強すぎるので、朝廷に注進する輩が出てこないとも限らん。君子危うきに近寄らずというわけだ」

孝助がうなずくと、忠兵衛が言った。

「あては明日の昼にでも、近々屎集めに来させてもらいますと、お城のご門番に挨拶しときますわ。慶喜さまご一同が大坂へ退去される前から集めに行ってへんさかい、だいぶ溜まってますやろ」

「倉田さま、神泉苑の前は人目に付きやすいんやおへんか」

信乃の疑問に、倉田に代わって忠兵衛が答えた。

「所司代と奉行所が廃止されてこのかた、夜のあのあたりは物騒なんで、人はあまり通りまへんわ。かりに屎車を目撃されても心配おまへん。神泉苑は、洛中の屎を汲み取りに来る近在の百姓たちがときおり集まりを持つ場所どす。そのうえ、ここんとこお城の屎集めは宵の五ツ以後になってまっさかい、だれも不思議に思いまへん」

忠兵衛の説明に、

「なるほど。さすがに屎商いで儲けているだけのことはある」

と深谷が妙に感心した。

倉田は話をもどした。

「神泉苑で合流したあとはお城に堂々と入り、われわれが屎を汲み取っているあいだに、黒鍬が御金蔵を破って金をかっさらう。ひと仕事終えたら退城し、屎桶を積み出す四条の肥場《こえば》まで屎車を引いていく。孝助は城を出たらすぐに一之船入へ行ってくれ。待機中のお信乃さんに肥場まで舟を移動させるようにと伝えてもらいたい。肥場で落ち合ったら屎桶を舟に積み、そのまま高瀬川を下っていく。ここまではこのあいだ打ち合わせた通りだ」

「もう一つ聞いてもいいですか」

と孝助が言った。

「高瀬川を上るには、伏見で角倉家支配の高瀬舟に荷を積み替えるのが決まりですよね。

下りは逆で」

これも忠兵衛が答えた。

「そうなんでっけど、お信乃さんたちの舟が深夜に下っていけるようにと、永井さまが角倉さまに頼んだんどす。角倉さまは直参《じきさん》旗本のお代官さままでっさかい、若年寄の頼みとあらば一も二もありまへんわ。大政奉還以後はご威光にもかげりがあるもんの、高瀬川はまだ握ってはりますんで、内荷《うちに》扱いして手形をくれはりました。そのうえ一之船入を使ってもええと」

信乃が補足した。

「わたしらの高瀬舟は角倉の十五石積みとほとんど同じ大きさどす。高瀬川は問題のう上り下りできます。問題は夜船《よぶね》どすが、古参船頭の弥助はんが若い時分に高瀬川で夜船を操っていたことがあるさかい、みな弥助はんに勘どころを教わって習練してきました。そやから心配いりまへん」

倉田はみなの顔をもう一度見回した。

「高瀬川は通れる。問題はそのあとだ。伏見に入ったところで、薩長に捕まる可能性が高い。うまく抜けたとしても、淀堤は銃砲の弾が飛び交う戦場だ。そのそばを流れる宇治川を行けば、狙われるか流れ弾に当たる可能性があり、危険すぎる。だから、川を下って直接大坂城へ向かうのは避けたい。そこで、どの経路を行けばいいかという相談だ。ただし豊後橋は焼け落ちたので、こっちは使えない」

すぐに忠兵衛が提案した。

「竹田村で舟を降りて、墨染《すみぞめ》から八科峠《やしな》を越えて六地蔵に出たらどないでっしゃろ」

「なるほど。六地蔵から宇治へ回り、宇治橋を渡って奈良街道をゆくのだな。そしていったん奈良奉行所へ入ると」

「はい。宇治川が増水して危ないときは、いつもこの道を通りますんや。峠といっても、墨染からはゆるやかな登りですわ」

「だが、いくらゆるいといっても、峠越えとなると荷車と牛馬が必要だ」

倉田の言葉に三村が反応した。

「屎と二千両箱を合わせると、かなりの重量になります。それを運ぶには最低でも馬なら二十頭、牛なら十頭は必要です。荷車は何とかなるとしても、いまから竹田村で牛馬を集めるなど至難の技でしょう。深夜の作業に応じる者がいるかどうかもわかりません。伏見市中も同様です。いや、もっと大変です。薩長が押さえていますから」

「そうでんな。やはり舟を目いっぱい利用せえへんと運ばれしまへんなあ」

思いついた本人も頭を抱えた。みなしばらく考え込んでいたが、そのうちに、信乃がきっぱりと言った。

「やはり高瀬川を伏見まで下りまへんか。京から伏見の船番所までは問題あらしまへん。角倉さまからいただいた手形に加え、高瀬川筋をよく知っている丁子屋の忠兵衛さんがいてはります。そのあとは宇治川をさかのぼり、宇治で岸に上がって奈良へ運びまひょ。宇治川を行く屎舟は見慣れた日々の光景やし、だれも気に留めしまへん。伏見で薩長さんの検問に遭っても、屎桶のふたを開ければ納得するんちゃいますか。それでも止めようとしはったら、強行突破をすればよろし」

信乃は思いっきりがよかった。

「宇治からは馬か」

と倉田がだれに語るともなく言うと、深谷が口添えした。

「宇治には伝馬所《てんま》も馬借問屋《ばしやくどいや》もあるので、馬はすぐに集められます。宇治代官は信楽《しがらき》代官の多羅尾《たらお》さまが引き続き兼務されていますので、便宜を図ってくれると思います」

「薩長には宇治を押さえにかかる余裕はまだないでしょうしね」

「はい。それに宇治から奈良奉行所までは、急げば一日の道のりです」

「よし。では伏見を突破しよう。宇治に着いたら、深谷さんと孝助、忠兵衛は京へ、信乃さんたちには小倉村へ引き上げてもらう。あとは黒鍬とわたしだけで奈良へ行く」

みなは一様にうなずいた。

「ところでお信乃さん。舟はすんなりと小倉の久保田浜へもどれるのか。宇治から豊後橋の先までは小倉堤があるし、そこから淀の手前までは中州や湿地、新田が入り組んでいるので、舟は大池へは入れないのだろう。かといって淀小橋《よどこばし》まで下り、東一口《ひがしいもあらい》の水路を通るのは危険だ」

信乃は自信ありげな表情をした。

「戦がおさまるまで待つしかありまへんけど、いざとなれば隠れ水路があるさかい、なんとかなりますやろ」

「隠れ水路？」

倉田は不審そうな表情をしたが、信乃は応えなかった。

三

戦いが始まって三日目の朝。倉田は薩摩藩の本営の動きを探るため、薦《こも》をかぶって乞食《こつじき》を装い、比叡《ひえい》おろしの吹く中を東寺へ向かった。仲間たちは夜に備え、一之船入で待機中の舟に武器などを運び込んでいる。

東寺へ近づくにつれ、周囲からひときわ抜きん出ている五重塔が迫ってきた。倉田は、この高さなら伏見や鳥羽の戦場がたやすく望めると思った。さえぎるものがない。大将の西郷はときおり塔に上り、望遠鏡片手に戦況を見ているはずだ。

倉田は南大門の前に来ると、さりげなく物陰に潜み、まわりを観察した。ときどき寺を出入りする伝令らしき男たちの姿を見たが、寺の内外に緊迫した様子は感じられなかった。戦局の主導権を握っているからだろう。

半時もすると、赤い錦の幟旗を二つ押し立てた軍勢が出てきた。旗の一つには金糸で日輪を、もう一つには銀糸で月輪を織り込んでいる。倉田は直感した。『太平記』に描かれた後醍醐《ごだいご》天皇の錦の御旗に似せている……。その後方中央の馬上には、古風な緋縅《ひおど》しの鎧を身につけた総大将らしき男がいる。色白の若い男で、武者には見えない。公卿か親王の一人だろう。これも薩長得意の謀略に違いない。錦旗をかかげて、朝廷が薩長を官軍として認めた体《てい》を装っている。

まったくもって薩長や岩倉などの公家は食えない。天皇がまだ年少なのをいいことにして抱え込み、徹底的に利用する。目的のためには手段を選ばない。そんな連中がもし権力を握れば、権謀術数と虚偽そして争闘が渦巻く世の中になる。倉田はそう思うと、暗澹《あんたん》たる気持ちになった。

一行は東寺を出ると、すぐ西にある四塚《よつづか》を左へ折れた。鳥羽街道を南下するのだ。錦旗を見せつけて徳川方を賊軍扱いするつもりだ。日和見諸藩の中には動揺して薩長方につくところが出てくるかもしれない。となれば、戦いは長引く。それでも徳川が勝てば、結果として錦旗や朝廷などは無視できる。問題は慶喜だ。水戸出身で尊王の気持ちが強い慶喜の心が揺れ、錦旗にひれ伏す可能性がある。緒戦で敗退しただけになおさらだ。

倉田はその場を離れると、大宮通を北上した。

歩きはじめてしばらくすると、後をつけてくる者がいることに気がついた。さりげなく振り返る。武士だ。刀を二本差している。姿を隠す様子はない。黒ずくめの衣装で軽衫《かるさん》をはいており、動きが機敏だ。着衣で判断すると後詰《ごづ》めの兵士には見えない。本営のまわりを密かに監視している徒目付《かちめつけ》か密偵のたぐいだろう。倉田の乞食姿に目をくらまされず、怪しいやつと思って追ってきたのだ。

京は新政府の支配下にあり、近くに味方はいない。新選組と見廻組は言うに及ばず、王政復古で廃止された町奉行所の与力同心も戦場だ。変装の邪魔になるので、倉田は刀を差してこなかった。それが少し悔やまれた。

七条通との角を右へ曲がり、興正寺《こうしょうじ》を通り過ぎると、倉田は薦を脱ぎ捨てて脱兎のごとく駆け出し、堀川を越えて右手の畑に入った。男も追いかけてきた。適当なところで立ち止まり、「なにか用か」と声をかけると、男は三間（五メートルあまり）先で止まった。少し強い北風が畑を吹き抜けていく。倉田は男の目を見つめながら、風を背にしようと、少しずつ北の方へ回り込んだ。男はじりじりと間合いを詰め、南へ動いた。倉田の意図に気付いていない。

「わい、東寺ん前で何よしちょった」

やはり、薩摩だ。

「宮さん行列の見物ですが、何か？」

倉田がそう答えると、男は「徳川ん間者じゃな。問答無用」と刀を抜いて振りかざし、猪のように突進してきた。逃げようとすればすぐに追いつかれ、後頭部を叩き割られる。倉田は、近寄ってきた男の顔めがけて、畑の土を蹴り上げた。土はうまく顔にかかったが、男はそのまま駆け寄り、「ちぇーすと」と叫んで刀を振り下ろした。寸前、倉田は横に飛んだ。男は手ごたえがないとみるや、すぐさま刀を左へ払った。凄《すさ》まじい太刀風《たちかぜ》で、こぶし一つの差で斬られるところだった。

男が目をぬぐっている間に、倉田は間合いを十分にとってふたたび向き合い、懐からピストルを取り出した。永井が護身用にくれたものだ。男はピストルを見ても恐れず、またもや刀を頭上にかかげて駆けてきた。倉田は両手でピストルを握りしめ、あと五歩のところまで来たとき、右肩を狙って撃った。

弾が当たり、男の体は衝撃を受けたが、刀をかざしたまま一歩進んだ。恐るべき意志力だ。が、そこまでだった。男は刀を取り落とすと、膝をつき、痛そうな声で「おいを殺せ」と叫んだ。出血は少ない。命は助かる。倉田はとどめを刺さなかった。

薩摩の武士は勇猛で命を捨てることを厭わない。逆に言えば、他人の命も粗末にするということだ。外国と交際をする時代に、日本人同士で殺し合うなど馬鹿げている。考えが異なるだけではないか。とは思ったものの、自分たちにも死闘が待っている可能性が高まっていた。戦いはできれば避けたかった。

倉田、三村、深谷、孝助の四人は隠れ家で時を過ごし、徹夜仕事に備えて眠りをしっかり取った。準備は万端整っていた。東山の丁子屋の別荘には合図を読む二人の黒鍬之者と連絡役の忠兵衛が、一之船入にはお信乃が待機している。黒鍬の二人は合図を読む仕事を終えると、夜を徹して大坂城へ帰る手はずになっている。

夕刻六時の合図はなく、続く七時、八時も空振りだった。四人は今か今かと報せを待った。壬生村の夜はしんしんと冷え込み、静まりかえっている。倉田の懐中時計が九時をまわった。

やがて、忠兵衛が息急き切って駆け込んできた。

「決行です。左右に二回振りました」

「よし。行くぞ」

五人は野良着姿に手ぬぐいを頬被りし、忍び出た。道すがら人に出会うことなく神泉苑に着くと、予定通り四人の黒鍬之者と四台の荷車が待っていた。荷車にはそれぞれ十本の屎桶が積まれている。桶はみな新しく作った。一つの桶に二千両箱を二つ入れることができるようにするためだ。並の屎桶より少し高さは増したが、素人目にはわからない。三村は行動を共にする黒鍬之者を簡単に紹介した。渡辺三郎右衛門、刈谷吉之助、富塚新次郎、高村大蔵という名で、みな屈強そうな若者だった。

倉田が合図をすると、忠兵衛が「屎商い」と書かれた提灯を持って先頭に立った。一台ごとに一人が縄を背にかけて引き、一人が後押しをする。一行は通用門として使われている西門を目指して歩いた。

ほどなく到着し、忠兵衛が門番小屋へ声をかけた。

「申し。四条の屎商いの者でござります。遅くなりましたが、御城内の屎を汲み取りにまいりました」

「おお、待ちくたびれたぞ。宵の五ツ（午後八時）をとっくに過ぎているではないか」

居丈高な声がして、当番をしている男が出てきた。顔が赤い。酒を飲んでいたのだ。小屋には他に何人か詰めている。

「申し訳ございませぬ。出入りの鑑札はこれでございます」

忠兵衛は鑑札を示したが、門番は一瞥《いちべつ》しただけだった。

「まあよいわ。前の門番からも引き継ぎがあったからな。雪隠《せっちん》はどこもかしこも屎で満ちていて、用を足すたんびに尻に跳ね返ってくる。難儀しておったんじゃ」

「あい済みません。なにしろ近頃の洛中はお侍さま方のお屋敷が人で溢《あふ》れかえり、汲み取りが追いつかないのでございます。御城もこの前まで何千人ものお侍さまがご滞在されてましたさかい、今日一日では無理ですわ。これからもちょくちょく上がらせていただきます。これはお近づきのしるしにご門番ご一同さまへ。二朱銀四枚でございます」

忠兵衛はさらに一升徳利を二本手渡した。

「それとお待たせしたお詫びに、伏見のうまーいお酒でございます。みなさまで召し上がってくださりませ」

門番は二朱銀の入った紙包みをふところへ入れ、小屋の仲間へ「酒が来たぞ」とうれしそうに伝えた。

忠兵衛は如才《じょさい》なくささやいた。

「つぎに来るときもお持ちしますわ」

門番は残念そうな顔をした。

「それは惜しいな。わしら水戸の者は明日でお役御免となり、国元へ帰るのだ」

うしろで話を聞いていた倉田は一瞬表情を変えた。

忠兵衛がたずねた。

「お国へお帰りになられるとおっしゃりますと？」

「今夕に決まったそうじゃが、この御城は朝廷のものとなり、太政官代《だじょうかんだい》とか申す役所に変わるという。お気の毒なことに、留守役の梅沢さまは水戸藩の出なのだが、慶喜公のご家臣になっておられるので、お取り調べを受けるらしい」

「それは大変なことでござりますね。まま、では今日は東の御番衆のお住まいを回らせていただきます」

忠兵衛が無難に応じると、門番は門を開けて一行を中に入れた。

「北の中仕切門は開いておりますんでっしゃろか？」

早く酒を飲みたい門番は、面倒臭そうに答えた。

「開けとるわい。明日には宮方へ渡すわけだから、そこまで厳重にする必要はないだろうが。早く仕事をしてこい」

「へい」

一行は閑散とした城内を進み、東の御番衆小屋が連なっている一角へ向かった。その南側は二の丸御殿で、はずれに御金蔵がある。黒鍬の一人が列を離れて本丸御殿と二の丸御殿の間へ入っていった。倉田たちは番衆小屋の厠の一つに来ると、さっそく屎の汲み取りを開始し、周囲を見張った。黒鍬は車の下から簡単な背負子《しょいこ》を取り出し、二の丸御殿の長屋門へと進んだ。ここにも門番所があるのだが、主が不在なので人は配置されておらず、内側から閂《かんぬき》が掛かっているだけだ。三村が何事かささやくと、門が開いた。先ほどの黒鍬が門をはずしたのだ。御金蔵の合鍵は三村が持っている。

三日月が西山へ沈みかけているのであたりは真っ暗だが、黒鍬は三村が持つ龕灯《がんどう》を頼りに動き回った。

ほどなく、二千両箱をそれぞれの背負子に担いだ黒鍬がもどってきて、屎桶に二つずつ入れていった。これを何度か繰り返し、三十本の桶が埋まった。黒鍬は手際が良く、無駄のない動きだった。勝手知ったる徳川の城であり、しかも自分たちが運び入れた二千両箱なのだから、当然と言えば当然だった。一方の倉田たちは、慣れない作業に手間取ったが、何とか十本の屎桶を満たした。本物の屎桶はそれぞれの荷車の前方に並べた。調べられたときのためである。

十二万両の収容を終え、一行は西門への帰り道を急いだ。が、東御番頭小屋前を通り過ぎようとしたとき、前方から来た武士の一団に誰何《すいか》された。身分の高い武士とその供回りらしく、二人の武士の前後を護衛の侍が守り、中間《ちゅうげん》たちが後ろについている。

護衛の一人が寄ってきて、詰問した。

「おまえたちはなんの用事でここにいるのだ」

「屎の汲み取りでござります。昔から出入りさせてもろうとります。入るときに、ご門番さまに鑑札をお見せして、お許しをいただきました」

また忠兵衛が応対した。

「屎桶にしては新しいな」

「年が改まって初めての御城での汲み取りでござりますので、新桶を持参いたしました」

忠兵衛はそう説明したが、男は慎重らしく、「ふたを開けろ」と命令した。忠兵衛が「へい、ただいま」と言ってふたを開けると、とたんに強烈な臭いが飛んできた。

「ううん、わかった。早く立ち去れ」

護衛は首を振ったが、今度は六十年輩の上級武士が手をあげて止め、倉田の顔をのぞき込んだ。

「どこかで見たような顔だな」

水戸藩家老の大場一真斎だった。寄合の帰りらしい。倉田は大場とは面識があったので緊張した。が、倉田が頬被りをしていたためか、大場は確信が持てないらしく、首をひねった。すかさず忠兵衛が割って入った。

「お侍さま。この仁兵衛はお武家さま方とは何の縁もゆかりもない、ただの百姓でございます。他人の空似でっしゃろ。世の中には同じような顔をした者がしばしばおるものでございます」

大場の後ろにひかえていたもう一人の武士が前に出てきて、倉田をちらりと見た。留守役の梅沢孫太郎だ。

「大場さま。この者どもは間違いなく出入りの汲み取りの者たちです。わたしは以前見かけたことがあります」

「そうか」

大場はそう言いつつも、いぶかしげな表情のままだ。梅沢は倉田に向かって何か言いたそうにしていたが、大場の様子を見て思いとどまった。

「大場さま。さ、早く宿所へ帰って明日に備えましょう。御城を新政府に渡す用意をしなければなりません」

すかさず忠兵衛が口早に言った。

「お侍さま方。ご城内の屎は思ったより量が多うございましたので、月内にあと二、三回は汲み取りに来させていただきます。その節もよろしくお願い申し上げます。御礼は後日持参いたします。ありがとうございました」

大場が去れと手を振ったので、忠兵衛はみなを促した。

一行は門番にあいさつをして西門を出ると、ふたたび神泉苑の前を通り、御池通《おいけどおり》を東へ進んだ。道々、忠兵衛が倉田に話しかけた。

「危のうおした」

「ああ。ひやりとしたよ。しかし、忠兵衛は言い抜けが巧みだな。助かったよ」

「あのお侍さんたちは顔見知りでしたか」

「偉そうにしていた最初の武士は水戸藩家老の大場一真斎どのだ。何度か顔を合わせたことがあり、先月、新選組の近藤勇どのと大場どのが二条城警備の主導権争いをしたときにも会っている。この件は永井さまの説得で新選組が引き下がったがね。助け舟を出してくれたのは、新選組の代わりに残った目付の梅沢どのだ。彼とは昵懇《じっこん》の間柄なので、何も聞かずに助けてくれたのだ。しかも、御城が接収されることをさりげなく教えてくれた」

「御金蔵の公用金のことはご存知なんでっしゃろか」

「いや、それはあり得ない。老中や若年寄でも知っているのはごくわずかだからな。お城の留守を託すときも、永井さまは当然のことながら、慶喜公も一真斎どのたちには伝えていないはずだ」

　忠兵衛が大きくうなずいた。

「公方《くぼう》さまは、それどころではなかったちゅうわけでっしゃろね。あるいは失念していたのかもわかりまへんけど」

「いずれにせよ、間に合ってよかった。薩長は戦に勝つと確信したのだな」

「一日遅れていたら、お城へ入れへんかったどすな」

「ああ。絶妙の頃合いだった」

「梅沢さまとおっしゃる方はどないに」

「命を取られるようなことはないだろう。調べは受けても、すぐに放免されると思う」

　倉田はそう言うと、少し考え、誰にともなくつぶやいた。

「梅沢どのがおれに伝えたかったのは、二条城が接収されることだけだろうか。ほかにも大変なことがあったのではないか」

しばらく歩くと本能寺に突き当たった。右に折れて三条通を横切ろうとしたとき、三条大橋のほうから「市中取締役所」と書いてある提灯を掲げた侍の一団が来た。戦の最中とあって、今にも刀を抜きそうな緊張感にあふれている。

市中取締役所は王政復古で廃止された京都町奉行所の代わりに設けられ、京並びに伏見の治安と訴訟を扱う新しい組織だ。発足してまだひと月も経っていない。近江の膳所《ぜぜ》と丹波の亀山、篠山《ささやま》の三藩が担当している。いずれも五、六万石の譜代藩だが、いまでは新政府の治安部隊である。油断するわけにはいかない。

一行は通り過ぎるのを待ったが、先頭の武士が立ち止まり、ジロリとにらんだ。身のこなしにすきがなく、かなりの遣い手に思われた。近藤勇のような面魂をしている。

忠兵衛が何食わぬ顔で頭を下げた。

「お役目ご苦労さまにござります」

すると、この武士は屎の臭いと提灯の文字に気づいたのだろう、「屎集めか」と言い、行き先をたずねた。

「その四条を下ったところにある肥場でござります」と忠兵衛が答えると、一行は少々緊張をゆるめ、鼻をつまんでそばを通り過ぎていった。

これまでのところ、汲み取りを装ったことは正解だった。怪しまれずにすんでいる。

三条通をまた東に進み、河原町通を右に曲がって四条まで下ると、川岸にある肥場はもうすぐだった。肥場は洛中の屎を積み出すところで、屎問屋もそばに集まっている。倉田はここで懐中時計を取り出し、時刻を見た。一時を過ぎている。一真斎たちに呼び止められて思いのほか手間取ったが、舟に乗ってしまえば、昼時より時間はかかるものの二、三時間ほどで伏見に着くだろう。何事も発生しなければの話だが。

肥場には舳先《へさき》に提灯を付けた四艘の高瀬舟が係留されており、そばに男姿の信乃と孝助が立っていた。船頭は一人ずつ舳先と艫《とも》についている。信乃が言った。

「みなの衆、さっそく積み込んでおくれやす」

先頭から三艘目までは二千両箱が入った桶を八本と屎桶三本、最後の一艘には六本と一本それに長持を三棹積んだ。長持の中身は武器だ。三村をはじめ黒鍬之者たちは、長持から手かぎを取り出し、帯に差した。倉田が怪訝《けげん》そうな顔をすると、三村が説明した。

「手かぎは荷を扱うためのものですが、武器にもなります。屎の運び屋が刀を差していると不審に思われるので、代わりに手かぎにしたのです。薩長方に見つかっても、これなら何とでも言い訳ができますからね」

作業が終わると、忠兵衛は近くにある四条の舟番所へ行った。角倉の手形を提示するためだ。忠兵衛がもどってくると、一行はすぐに肥場を出発した。忠兵衛と信乃が先頭の舟に、倉田と三村、深谷、孝助は一番後ろの舟に乗り、あいだの二艘には黒鍬之者が二人ずつ分乗した。川を上るときは曳き子《こ》が肩に縄をかけて引っ張るが、下りは流れに乗ればいいので曳き子はいらない。ときおり棹を使うだけだ。

信乃の合図で四艘の高瀬舟がいっせいに舫《もや》いを解き、暗い水面をすべり出すと、倉田は後ろを振り返った。先月までは武士たちで賑わっていた先斗町《ぽんとちょう》の明かりが消えていた。三味線の音も流れてこない。みな戦いの行方を静かに見守っているのだろう。岸辺に立つ冬枯れの柳が、北風に寂しく揺れていた。

舟は鴨川に沿って、七条までほぼ真っ直ぐそして緩やかに下っていく。夜も遅く、戦の最中なので、上り舟とすれ違うことはなかった。七条にある舟番所でも手形を見せたが、すぐに通してくれた。角倉からの達しが来ているためか、荷改《にあらため》すらしなかった。ここから九条《くじょう》までは西へ東へと何度か大きく曲がったが、船頭たちは難なく舟を進めた。

九条通は洛中《らくちゅう》と洛南《らくなん》の境であり、ここを過ぎたところに釜ヶ淵がある。高瀬川が鴨川と交差する難所だ。鴨川と高瀬川の流路を分ける部分堰《せき》があり、流れは複雑になる。船頭たちは古参船頭の弥助《やすけ》の指示に従い、慎重に棹をさばいて通過した。あとはときおり棹を使うだけで、流れのままに伏見に着く。

深谷が倉田に話しかけてきた。

「一安心ですな」

「はい」

「丁子屋の忠兵衛は町人にしては度胸があり、機転も利きます。どのようにして知り合ったのですか」

「わたしが永井さまのもとで用人をしていたときのことです」

五年前、倉田は永井の特命を受けて、京都市中の米問屋や唐物《からもの》商売を狙って多発する御用金強要事件を調べていたことがある。忠兵衛と知り合ったのはこの事件がきっかけで、丁子屋も勤王の志士と称する侍たちにゆすり取られたのである。しかも抵抗した主人は半死半生の目に遭い、まだ手代だった忠兵衛も大けがをした。倉田はすぐに侍たちがたむろしている先斗町の茶屋を突き止め、金を奪い返してやった。男たちは国事のためと言ってはいたが、その実は遊ぶ金が欲しいだけの名ばかりの志士だった。そこに薩摩や長州などの脱藩浪人もいたのである。

倉田は言った。

「そのとき忠兵衛は屎屋が標的にされるとは光栄の至りだと笑っていましたが、胸の内は煮え繰り返っていたに違いありません。それ以来、忠兵衛は尊王攘夷を叫ぶ志士やすぐに段平《だんびら》を振りかざす薩長の侍が大嫌いになったのです。もちろん、本当に国の将来を憂慮する志士もいることはわかっていたのですが、忠兵衛にとってはそれも鼻持ちならないというわけです」

「その気持ちはわかります。そういう生真面目な人物ほど意見の違いを認めず、正義は自分にありと刀を抜くものです」

「ですからわたしが二条城の屎汲み取りについてたずねると、忠兵衛は理由を聞き、仲間に入れてくれと懇願しました。もちろん危険は承知の上でした。薩長の連中に一泡吹かせてやりたかったのです。丁子屋の主人も協力を申し出ました」

倉田の話を受け、孝助が思っていたことを口にした。

「忠兵衛さんは違いますが、京には薩長びいきの人たちが多いですよね。それはなぜなのでしょうか。会津藩と桑名藩は何年ものあいだ命がけで朝廷と京の町を守ってきたのに、いまや邪魔者扱いされています。それに引き替えて、何度も賊軍になった長州は人気がある。解《げ》せません」

「一つには、幕府が進めた開国による諸色《しょしき》高騰への不満から、攘夷を叫ぶ者たちを褒めそやすということがあるのだろう。加えて、謀略に長けた岩倉たち反幕府の公家が、市中に良からぬうわさを流しているからだと思う。実のところは忠兵衛のような人間もけっこう多いのだよ。ただ京の人々は権力の落ち着き先を見ているので、やすやすとは口に出さないだけのことだ。一千年の都を誇るだけあって、さすがに公家や僧侶のみならず町人も一筋縄ではいかない。だが忠兵衛は江戸っ子のように率直だ。信頼できる」

今度は深谷が孝助にたずねた。

「森野どのはどのようなわけでこの企てに加わったのですかな」

「手っ取り早く言えば、倉田さまの誘いに乗ったわけです」

「と申しますと？」

「話は長くなりますが、わたしは天誅組に殺された五条代官鈴木源内《げんない》さまの侍でした。もとは信濃の猟師で、源内さまが中野代官として赴任してこられたときに、ひょんなことから中間《ちゅうげん》として雇われたのです。その後、源内さまは大和の五条代官所へと転勤されましたが、それにも付いていき、大和で侍に取り立てていただきました。わたしは源内さまを父親のように慕っておりました。ですから源内さまが殺害されると、仇討ちをしようと追討軍に加わったのです」

深谷は大きくうなずいた。

「当時、わたしは京都町奉行所の与力をしていましたが、お奉行の永井さまから鈴木さまについて伺ったことがあります。温厚で領民たちの評判もよく、また尊王の気持ちが強い方だったというお話でした。十津川《とつかわ》郷士たちのあいだで、禁裏《きんり》警護に行くべきかどうか意見が分かれたときには、反対派を説得されたということも耳にしました」

「そうなのです。わたしは『天恩を忘れ、罪科重大、誅戮《ちゅうりく》を加う』と書かれた天誅組の斬《ざん》奸状《かんじょう》を見たとき、事実を無視して見境なく人を殺す連中に嫌悪を感じました。ですから、追討戦のあとも、わたしは一味を追ったのです。そして京にいたときに天誅組の主将中山忠光《ただみつ》が長州で暗殺されたことを知り、ここが潮時と仇討ちの旅を止めたのです。その後は侍になりたいという夢が虚しくなり、山科に住み着いてまた猟師になりました。倉田さまが獣害に困っている村の庄屋どのを紹介してくれましたのでね」

「倉田さんと知り合ったのは？」

「わたしが京で残党の一人を見つけ、立ち会っていたときです。相手には屈強な護衛がついており、わたしはあやうく返り討ちされそうになったのですが、そこをたまたま通りかかった倉田さまが助けてくれたのです」

「もっとも相手は逃げましたがね」

と倉田が付け加えた。

「その恩義で誘いに応じたというわけですか」

「渡りに船でもあったのです。天誅組の一件以来、『勤王だ』『攘夷だ』『討幕だ』と叫んで簡単に人を殺す薩長や土佐の連中に、苦々しい思いを感じていましたので。仇討ちは止めたものの、機会があればやつらの鼻を明かしてやりたいと、いつも思っていました」

三村が話に加わった。三村は万延元年の遣米使節に従者として付いていった男である。

「アメリカを見て回ると、攘夷などできるものではないと実感します。またすべきでもありません。仲良く交際してお互いに良いところを学び合い、足りないものを補えばいいのです。薩摩はイギリスと戦をしてその力を知り、攘夷を捨てたばかりでなく武器を買うようになったではありませんか。長州もまた英米仏蘭の四国艦隊に下関を砲撃されると、コロリと考えを変えてしまった。いずれも今の我が国の実力では西洋諸国の武力に立ち向かえないとわかったからですが、そんなことは黒船来航の前から幕府が認識していたことです。だから幕府はさまざまな改革をし、手立てを講じてきたのです。すべてがうまくいったとは言いませんが、そんな努力を薩長の狂信的な攘夷主義者たちがぶち壊してきたのです」

「外国人を殺傷したり戦をしたりして、後始末を幕府に押しつけてきましたな。そのうえ同じ仲間同士で殺し合いまでしているわけで。意見の違いなのか主導権争いなのかわかりませんが、理解に苦しむところです。最近でも土佐の坂本龍馬という人物が殺されています。いつものように、新選組のしわざだという噂を流しているようですが……」

深谷が嘆かわしいという感じで言った。

「しかも攘夷が駄目となると、討幕を旗印に掲げてまた戦を起こそうとする。好戦的に過ぎます。天皇を敬うという意味での尊王を否定するつもりはありませんが、王政復古を持ち出すなどは、かび臭い時代遅れのたわごとです。もちろん、幕府の制度が限界に来ていることは否めません。ですが、慶喜公をはじめ、永井さまや江戸の小栗《おぐり》さまなど旗本のみなさまも、よりよい国のあり方を探って努力をされていたのです。薩長は胸襟を開いて、幕府ともっと率直に話し合うべきだった」

「そうですね。しかし薩長の尊王も隠れ蓑で、天皇さんを利用して徳川を討ち、自分たちで権力を握ろうという魂胆なのでしょう。話し合いなどする気はないのです」

深谷は腹に据えかねているような口調だった。

「深谷さんもだいぶ薩長がお嫌いなようですね」

三村の言葉に、深谷は顔の前で右手を軽く振った。

「嫌いなんてものではありません。忠兵衛さんや孝助さんには負けませんよ。同僚の与力を何人も殺されたうえ、わたしが習っていた大和絵の師匠まで暗殺されましたからね」

「その方は、四年前に長州人が殺害した冷泉為恭《れいぜいためちか》という絵師ではありませんか」

「よくご存じで。当時京都所司代の酒井若狭守さまと懇意にしていたことから、佐幕派と見られたためと言われています。ですが実際には、師匠は酒井さまがお持ちの『伴大納言《ばんだいなごん》絵巻』を閲覧させてもらうために親しくしていただけでした。それを佐幕派などと馬鹿馬鹿しい。そもそも師匠は復古派の絵師でして、天皇さんを尊ぶ気持ちは人一倍強いほうでした。そんなことを確かめもせずに二年も付け狙い、隠れ住んでいた大和の丹波市《たんばいち》まで出向いて惨殺する。まともな人間のすることではありません。それが薩長や土佐の志士と称する者たちの実態なのです。狂信的で了見が狭く、頭が悪すぎます。そんな殺人鬼たちがいまや参謀とか指図役になって戦を指導しているのです。やつらに軍資金となるカネをむざむざ補給してやる必要はありません」

深谷は凄みのある笑いをした。

「倉田さんも学問の師を暗殺されたとか」

「そうです。佐久間象山先生です。わたしは若い頃に先生の五月塾で西洋砲術を学んだのですが、砲術と言うよりは西洋のなんたるかを教えてもらったと言っていい。師はこの国の将来にとってかけがえのない人物でした。その師を、あの者たちは白昼堂々と京の路上で惨殺したのです。殺人鬼としか言いようがありません」

倉田の静かな口調は、心の底にある怒りの強さを感じさせた。

鴨川を越えて竹田村に近づいていくと、硝煙の臭いが漂ってきた。日中なら田畑の間に集落が点々とする洛南ののんびりとした風景が見えたに違いない。が、暗闇の中に漂う臭気はこの先にある惨状を予感させ、不気味以外の何物でもなかった。

先頭を行く舟の提灯が揺れ、突然、止まった。信乃が後ろを振り向いた。

「倉田さま。竹田の浜にお侍さんらしきお人がいてはります」

「薩摩か」

倉田が緊張した声で言った。

四

四艘の高瀬舟が竹田の浜へ静かに進んでいくと、手に小田原提灯を持ち、長い箱を背に負った男が待っていた。確かに侍だ。腰に両刀を差している。男は先頭の舟に乗っている信乃に声をかけると、倉田たちの舟に近寄ってきた。三村は男の顔を見て、ほっとした。

「黒鍬之者です」

大坂城から来た合図を丁子屋の別荘でとらえた男の一人だ。今頃は大坂をめざしているはずだった。三村は聞いた。

「悌吉郎《ていきちろう》、何かあったのか。勤吾はどうした」

「街道の様子を探っていこうと、勤吾は西国街道、わたしは大坂街道と二手に分かれて帰ることにしたのですが、納所《のうそ》で大変なことを聞きましたので、組頭にお知らせしようとここでお待ちしていたのです」

「大変？」

「淀藩が城門を閉ざして我が軍の入城を拒んだというのです」

「なに、淀藩が」

「寝返ったのか？」

みなが驚いた。藩主の稲葉美濃守は譜代の大名で、江戸在勤中の老中だ。その家臣たちが徳川軍を拒んだとは。にわかに信じがたいことだった。しかも稲葉家は山城に居城がある唯一の大名だ。影響が大きい。

「我が軍はやむをえず八幡《やわた》へ撤退したそうです。その際、宇治川にかかる淀小橋と木津川の淀大橋を焼いていったと」

「それで薩摩は勝利を確信し、二条城の接収を決断したのだな」

深谷が言うと、三村がうなずいた。

「淀を押さえておけば、京都は自分たちの手の内ですからね」

この一言で倉田は気がついた。

「そうか、このことだな。二条城で梅沢さんが何か言いたそうだったのは。接収の話を朝廷側から伝えられたときに、淀藩の寝返りを知ったのだ」

「倉田さん。これからも出てくるのでしょうか。寝返りが」

「そうかもしれない。いや、必ず出てくるだろう」

倉田の目はつかの間、怒りを帯びた。

少し間をおいて、深谷が考えを口にした。

「倉田さん。ここから奈良までの道中、斥候《せっこう》を出しましょう。万一のために、様子を探りながら進まねば」

「そうしましょう。ですが、人が」

深谷がすぐに答えた。

「目の前におりますよ。このお若い方なら適任ではありませんか。どうです、三村どの」

「そうですね。どのみち淀はもう通れないので、西垣も奈良を経て大坂にもどるほうが確実で安全だな。どうだ、悌吉郎」

西垣悌吉郎という黒鍬之者が「はい」と答えると、深谷は矢立《やたて》と半切紙《はんきりがみ》を取り出して、何やら文を書いた。

「馬には乗れますな」

「我流ですが、なんとか」

「ではこの書付を持って、墨染から八科峠を越えて六地蔵へ向かってください。この先を峠までまっすぐ進み、峠を越えたところで少し右へ曲がって下ってゆくのです。いずれにせよ一本道で、ところどころ道に沿ってお寺があるので、間違えることはないでしょう。半時（一時間）も歩けば着きます。札《ふだ》の辻に米屋という馬借《ばしやく》問屋がありますから、そこの主人か番頭を叩き起こして、書付をお見せなさい。深夜早朝でも乗用馬を貸してくれます」

「忠兵衛さんが話していた宇治への近道ですね」

「そうです。宇治から先は夜が明けているでしょうから、宿場の馬借問屋や問屋場は開いています。そこで聞けば、街道の様子はわかります。われわれは宇治川をさかのぼり、宇治から奈良街道を歩むので、見つけるのは簡単です」

倉田は西垣が背負っている長い箱を指差した。

「その望遠鏡がまた役に立つかもしれないな。シャスポーも入っているのか」

「はい」

深谷がけげんな顔をしたので、三村が説明した。

「幕府のフランス伝習隊に配備された最新式のシャスポー銃のことです。弾薬を元込めするので、これまでの銃よりも早く撃てます」

「そんな貴重な鉄砲を」

「戦が広がれば、いま大坂城にいる後詰めの黒鍬之者は土工兵となりますが、彼らを援護する歩兵が必要です。そこでわたしの組は特別にシャスポー銃を支給され、撃つ訓練も受けたのです」

「なるほど。前線で作業をしながら、いざとなったら速やかに援護射撃をするというわけですか」

深谷は舟に積んである長持に目をやった。

「あの中にもそのシャスポー銃と弾薬が入っているのですね。長持が刀剣や弓矢を隠した一棹のほかにも二つあったので、何かなと思っていたのですが、得心がいきました。こいつは心強い」

一行は六地蔵へ向かう西垣悌吉郎と別れると、また伏見をめざした。打ち合わせで思いのほか時間を食ったので、四時に近い。このまま行けば日の出は伏見を離れたあとだ。

竹田浜を出てほどなく七瀬川《ななせがわ》が合流した。硝煙の臭いがきつくなってきた。ここから西へ十町（千百メートル）も行けば鳥羽の戦場なのだ。しばらくまっすぐ行くと、左斜め前方に大信寺《だいしんじ》の本堂がうっすらと浮かび上がった。ということは五町ほど左には薩摩屋敷がある。みなの神経が張りつめた。敵陣に入ったと言っていい。あたりには焼け焦げた臭いが漂っている。暗くてよく見えないが、火事で焼けた家々が多いのだろう。

先頭をゆく忠兵衛と信乃の舟が減速したので、倉田たちの舟の船頭が告げた。

「まもなく弥左衛門《やざえもん》橋どす。その先に船番所がおます」

舟は橋をくぐって左に曲がり、また一つ橋を通り過ぎると、左手の少し突き出たところに船番所があった。入り口に高瀬川船番所と書かれた掛け行灯《あんどん》が掲げられているが、建物は半分焼けている。その前に三方が空いている見張り小屋があり、こちらは無事で、三人の番人が川を注視していた。高瀬川を管理している角倉家の手代たちだ。敵が制圧している場所に入ったので、みな緊張した。

船番所のすぐ先は、伏見湊を形成している宇治川の派流と、かつての伏見城の外堀である濠川《ほりかわ》の合流点だ。高瀬川はここに流れ込み、水量を増した宇治川派流は真っ直ぐ南へ流れて、下三栖《みす》で本流と合体する。

舟が船着き場の雁木《がんぎ》に横付けすると、忠兵衛はさっと降りて見張り小屋へ行き、手形を差し出した。年かさの男が目を通し、忠兵衛にたずねた。

「戦があったんは知ってはるんやろ。よう下ってきはったな」

「急ぎの荷でっさかい。それに高瀬川は戦場になってへんと聞きましたよって。番人さん方もご苦労さんなこってす。もうお仕事でっか」

「わしらはきのうからや。おとついは大砲に怯えながら後始末しとったわいな。流れ弾も何度か飛んできよったで。徳川さんが淀へ引き上げたっちゅう話を聞き、もう大丈夫やろと店開きしたわけや。そやけど上っていく舟はまだないやろな。様子見や。ところで、あんたんとこの荷は？」

「屎桶が四十本と長持が三棹どす」

「妙な組み合わせやな」

「縁起がええさかい、屎桶といっしょに持ってきてくれと、お得意さんの宇治の茶師に頼まれましてん。娘さんの嫁入り衣装やらなんやらのようでっせ」

「さよか。なんで縁起がええのかようわからんが、製茶は景気がええようやな。ま、角倉の手形を持っとるよって、間違いないやろ。ほな念のため、荷を数えるで」

さすがに高瀬川の出入り口を担う番人はしっかりしていた。が、数え終わると問題なく通してくれた。

「大事な屎やろ。こぼさんように行きぃや」

手形に加え、宇治川名物の屎舟の効果は絶大だった。

「おおきに。ところで番人さん、宇治川に出んのはどっちが安全でっしゃろ。このまま濠川を南に下るか、それとも町中の京橋の水路から出るか、そこもやめて派流の入り口へ向かうか、迷うてますねん。なにしろ戦が始まってから初めて通るもんやさかい、おっそろしゅうて」

「このあたりの戦は終わったようなもんやから、どっちもいっしょやろ。ただ、三つとも薩摩が番をしているさかい、やっかましいで。濠川は肥後橋、京橋水路は今福橋、派流は平戸《ひらど》橋あたりや。気ぃ付けえや」

「へえ」

忠兵衛が最後尾の舟にいる倉田にいまの話を聞かせると、倉田はすぐに決断した。

「濠川を行こう。早く宇治川の本流に乗ったほうが安全だろう」

倉田のそばに寄ってきた信乃の考えもそうだった。

「そのほうが舟を操りやすうおす。宇治にも少しは早う着きまっさかいに」

三村も深谷も異存はなかった。

舟は濠川に進み出た。高瀬川より川幅が広くなり、棹を使いやすい。肥後橋までは三町

（三百三十メートル）。あっという間だ。検問で争いになったときのために、倉田はふところのピストルを確かめた。深谷も長持から脇差を取り出して足元に隠した。孝助は火縄銃を持ってきているが、接近戦では使えない。黒鍬組のシャスポー銃も同様で、帯に差している手かぎが武器だ。

二町も行くと、先頭の舟から後続の舟へ口伝えに報せが来た。

「橋の左のきわに男五人。一人は鉄砲所持。岸辺にも五人」

近づいていくと、岸辺にいる隊長らしき人物が大声で命じた。

「止まらんかー」

薩摩だ。忠兵衛が声を張り上げて答えた。

「はい、はい、ただいま。みなの衆、検問どす。止まっとくれやす」

「恐れ多くも征討大将軍仁和寺宮嘉彰親王《にんなじのみやよしあき》の幕下にある薩摩藩兵じゃっ。荷を改むっど」

隊長は権柄尽《けんぺいず》くな態度でまくし立てた。忠兵衛は下手に出た。

「お役目ご苦労さまにござります。これはみな宇治へ運ぶ屎桶でござります。どうぞ心ゆくまでお調べくださいませ」

屎桶と聞いて、隊長はぎくりとしたが、忠兵衛にふたを開けろと首を振り、部下に提灯を掲げさせた。忠兵衛は「よろしいか」と警告して、ふたを開けた。とたんに臭気が襲ってきて、部下はのけぞりそうになった。隊長は一歩退きながらも、また命じた。

「もうひとつ開けてみぃ」

二つ目を開けると、同じように臭気が襲った。

「臭かー。もうよかど。後ろもか」

「そーどす。もっとも、四つ目の舟には長持もありまっけど」

「ふーん」

隊長はそう言うと、早く立ち去れとばかりに、片手を振った。

忠兵衛はすぐに反応し、「ほな、行きまっせ」と声をかけ、急いで舟を出した。

三艘の高瀬舟が次から次と岸を離れたが、倉田たちが乗っている四艘目になったとき、隊長が思い付いたように制止した。

「こら、待たんがね。こっち来て、長持開けてみぃ。念んためじゃ」

倉田はぎくりとしたが、仕方がない。また船頭に雁木に着岸させ、前にいる三艘ができるだけ遠くへ行くための時間稼ぎをした。

「お侍さま。そないに珍しいもんとちゃいますわ。宇治の茶師のもんで、娘さんの花嫁道具、着物とか清水焼、漆器に曲げ物どす。そうそう、人形とか双六もあるという話でっけどな」

「黙っちょれ。早よ開け」

「いや、これは持ち主の許しを得んと、開けるわけにはまいりまへんのや」

「せからしか。おめたちがせー」

隊長が命令したので、三村と深谷はしぶしぶ上ぶたを外した。そこを部下が提灯で照らすと、着物を入れる桐箱《きりばこ》があった。隊長はなおも、箱のふたを取れと言った。二人がふたを持ち上げると、やはり中身は女物の着物だった。が、隊長はけっこう鋭い男だった。

「錠前があっとに、鍵がかかっておらんかったのは、どげなわけだ。でじな花嫁道具やろが。おかしかね」

「いえ、それは、茶師さんがこの長持棹さえ通していれば、ふたは開かんと言わはりましたんで」

倉田は外してあった長持棹をさりげなく船底から拾い上げた。

「つべこべゆな。ないごて棹を通さず外したままにしちょう」

「いや、それは」

「どうもそん下に、ないやらゴツゴツしたものがありそうじゃな」

隊長はいきなり自分で桐箱を持ち上げ、その下にあったものを見て驚いた。

「たまげった。新式銃や。おんれら、賊軍か。出会え」

隊長がそう叫んで抜刀した。すかさず倉田は長持棹で川へ突き落とし、叫んだ。

「舟を出せー」

提灯を持った兵士も刀を抜こうとしたが、一瞬早く三村が手かぎを抜き、兵士の腹を一撃した。舟が岸を離れようとした瞬間、別の兵士が深谷に斬りかかってきた。が、深谷は足元の脇差を拾うや否や、そのまま頭上で刀を受け止めた。同時に相手の股間を右足で蹴り上げたので、兵士はたまらず雁木に尻餅をついてしまった。怪力の孝助は手近にある本物の屎桶を持ち上げ、舟に寄ってきた残りの兵士たちに中身ごと投げつけた。強烈な異臭が漂い、屎まみれになった兵士たちの動きが止まった。

舟は流れに乗った。と、舳先にいる船頭が警告した。

「橋の上に鉄砲を持った男がおます」

倉田が見上げると、銃口から弾を込めている最中だった。先込めのエンフィールド銃である。敵に出会って反撃されるとは思っていなかったのだろう、かなりあわてている。舟が橋の下に入るまえに、倉田はふところからピストルを取り出して舳先に移動、船頭たちにもっと右寄りを行けと小声で言った。

それから後ろを向いて立つと、足を左右に開いて体を安定させた。両手でピストルを握り、兵士が橋の上から顔をのぞかせる位置を想定して構える。一つ、二つ、三つ。まだ暗い空に小銃を持った兵士の姿がぼんやりと浮かんだ。銃口を動かし、照準をどこに合わせるべきか迷っている。倉田は狙いを機敏に修正し、引き金を引いた。

五

信乃と忠兵衛それに黒鍬たちの舟は濠川の河口で待っていた。倉田は合流すると、信乃に急いで言った。

「連中はすぐに追ってくる。宇治まで突っ走ろう」

「はい。急いで帆を上げます。そやけど、その前に身軽になりまひょ。ここからちびっと上流へ行くと、右手に新田《しんでん》の船着き場がありますさかい、そこで用済みとなった屎桶を下ろさしておくれやす」

「そうしてください。せっかく集めた屎だ。もったいない」

一行は船着き場まで急ぐと、本物の屎が入った九本の桶を下ろした。一本はすでに孝助が敵に投げつけている。長持三棹も置いていくことにして、中に入っているそれぞれの武器を取った。腰に手かぎを差している黒鍬之者たちはシャスポー銃を、孝助は愛用の火縄銃だ。深谷は使い込まれた半弓《はんきゅう》を手にした。腰には先ほど使った脇差がある。倉田は両刀を差し、ふところに入っているピストルの感触を確かめた。忠兵衛は飛礫に使う石を入れた袋を抱えた。

準備が整ったところで、倉田と深谷、信乃の三人は六本の桶を積んだ舟に乗り、先頭に立った。八本の桶を積んだ二艘目、三艘目にはこれまでと同様に黒鍬が二人ずつ。四艘目にも八本。そして三村と孝助、忠兵衛が乗り組んだ。

空が白んできた。四艘の高瀬舟は帆柱を立て、いっせいに帆を上げた。宇治川を通い慣れている船頭たちはきびきびと舟を操った。北からの横風を受けるので、船足は遅い。しかし山科川との合流点から少し先へ行けば、川は南東へと流れを変え、追い風に変わる。

倉田は風に乗って宇治まで突っ走りたかったが、すぐに邪魔が入った。左手にある弾正《だんじょう》島の半ばを過ぎたとき、艫にいる船頭が声を上げたのである。

「船やー。矢倉《やぐら》島と金井戸《かないど》島の間の京橋水路から出てきましたでー」

倉田が聞いた。

「どんな船だ？」

「柱は立っとるけんど、帆は張っとりまへん。苫《とま》も取っ払っとりますが、三十石船でっしゃろ」

三十石船が宇治川上流をめざすのは珍しい。多くは二十石積みの上荷船《うわにぶね》だ。倉田が見ていると、船はじわじわと近づいてくる。

「お信乃さん。やつらだろう。このままでは追いつかれるな」

「いえ、大丈夫どす。わたしに任せておくれやす。三十石船の船頭やったら、豊後橋から先は慣れてへんさかい、あんじょう巻いたります」

信乃は大声で船頭たちに指示を出した。すると男たちはさっと帆を下ろし、舵《かじ》を引き上げて艪《ろ》を据え付けた。

「このまんま豊後橋を六町（約六百五十メートル）ほど上ると山科川との合流点で、その手前に中州があります。分流が右手を流れていますねんけど、水路のように狭うて三十石船は通られしまへん。わたしらは棹と櫓を使うて分流を進み、中州を抜けたらまた帆を上げます」

「あっちはどう出るだろう？」

「あちらさんはそのまんま左の本流を進んでくるはずでっけど、山科川が入り込んで、ややこしい流れどす。船を繰るのに手間取るやろ思います。その先にはもっと大きな中州がなんぼでもありますさかい、わたしらは差を広げて宇治橋にゆうゆう着きます」

信乃がそう言ったので、倉田は豊後橋の先に目をやり、たずねた。

「その中州には茂みがありますか？」

「ヤナギの類いやヨシが。ほんでも冬枯れてまっけど」

「いや、多少でも敵の目をあざむくことが出来ればいいのです。そこでやつらを撃退します。災いの種は早めに摘み取っておきます」

倉田は策を思いついたようだった。

四艘の舟は信乃の号令で一列に並び、櫓を漕ぎ、棹で押しはじめた。

焼け落ちて橋脚の残骸が残っているだけの豊後橋まで来たとき、追ってくる船の全容が見えた。銃を持った兵士が二十人ほど乗っており、舳先で棹を操る船頭のそばに隊長らしき男が立っている。櫓は三丁だ。

「さっきの薩摩っぽの残りでしょう。薩摩の兵制は知りませんが、幕府で言えば小隊の半分ほどの人数です。残りも別の船で追いかけてくるかもしれません」

倉田が深谷にそう話すと、八幡と橋本のほうから砲声が聞こえてきた。砲煙も上がっている。ふたたび戦いが始まったのだ。二人は顔を見合わせた。西垣が言った通り、徳川軍は淀から退却し、戦場が西へと移った。男山と淀川にはさまれた八幡橋本からも退かざるをえなくなれば、その先には枚方《ひらかた》の丘陵が残っているだけで、大坂城までさえぎるものがなくなる。

砲声とかぶるように、最後尾の舟から三村が叫んだ。

「兵士たちが弾を装填《そうてん》しています。みな先込め銃です。まもなく攻撃してくるでしょう。まだ射程外だとは思いますが、十分に注意してください」

倉田は信乃に命じた。

「舟を散らさせてください。わたしたちは一番左側を走り、そのまま行きます。うしろの三艘はいったん散ったあと、中州に近づいたら右手に集まり、分流を行かせてください。中州を抜けたところで縦一列に並んで着岸するように」

信乃が言われた通りに船頭たちへ指示すると、四艘は川幅いっぱいに広がった。倉田は右隣に並んだ舟の三村に叫んだ。

「岸へ上陸したら、屎桶の陰からシャスポーを撃つ体勢を取ってくれ。わたしの舟が囮《おとり》になって、やつらを左の本流から引っ張り出してくる。三十石船が横腹を見せたら、敵兵を狙い撃ちだ。敵は多勢だが、反撃をしようにも、船の揺れがきつく、狙いが定まりにくい。

弾込めもこっちの方が速い。ただし船頭たちは撃つな。徴用されただけだからな。それから、忠兵衛はこっちの船頭たちといっしょに陰に隠れていてくれ。飛礫の出番はまだだ」

「はい」

三村と忠兵衛が同時に答えた。

三十石船の大きさからすると、追走する船首から射撃ができるのは一度に三人で、並走して片舷から一斉射撃をする場合は十人が限界だ。銃を持った兵士は二十人だから、三人ずつの交代だとほとんど切れ目なく撃てる。しかし十人交代だと、斉射《せいしゃ》を二度すれば次まで間が空く。先込め式の小銃は一発撃つと、銃身内を掃除してから弾薬を込めるので、時間がかかるからだ。しかもその作業は立ってしなければならない。一方、黒鍬組のシャスポー銃は元込め式なので、二発目、三発目とすぐに込めることができる。立つ必要もない。倉田はこの違いを利用して数に勝る敵を攻撃しようと思ったのだ。

豊後橋を過ぎると、めざす中州まで六町あまり。彼我《ひが》の差は徐々に縮んでいるが、敵はまだ発砲してこない。船頭たちが力を込めて艪を漕ぐので、横揺れが激しくて狙いが定まらないうえに、目標が分散したので迷っているのだ。しびれを切らしたのか、警告の意味なのかはわからなかったが、隊長がとうとう発砲の合図をした。船首に並んだ三人の射手が倉田の舟を狙って撃った。もちろん当たらない。

隊長は射手を後列と交代させ、船頭に漕ぐのをやめろと命令した。揺れが収まったところで、二発目を撃った。また外れた。隊長はあきらめ、もっと接近することにしたのだろう。三十石船の速さがいくぶん増した。

中州が近づいてきた。右手の三艘が狭い水路をめざして寄っていく。倉田の舟は左の流れに向かった。山科川の流れが入り込んでいるので、複雑に揺れはじめたが、艫の船頭はあわてず櫓を漕いでいく。舳先の船頭も力いっぱい棹を押す。中州の下流側はむき出しの砂地だったので、三村たちの舟が連なって走っているのが見えた。が、もう少し進むとヨシが生えており、動いている舟からは目を凝らしても見えにくくなる。すなわち三艘の動きを悟られずにすむ。

舟が中州の上端を抜けたので、倉田は後ろを振り返った。三十石船は右へ左へと大きく振れ、差がまた開いていた。水路を出たところで右手を見ると、三村たちが岸へ上がり、横付けした舟の屎桶の陰に身を潜ませようとしている。

倉田はなおもまっすぐ舟を上流に走らせた。宇治川はその先で右に湾曲《わんきょく》している。三十石船の上では、兵士たちがふたたび三人一組で並んでいた。まず倉田の舟を追走して仕留め、ほかの舟はそれから始末するつもりなのだ。川の上の戦いでは逃れる術《すべ》がないと思っているのだろう。いや、応援の船が駆けつけるからだ。だとすると、この連中を早く始末しなければならない。倉田は船頭にわざと舟の速さを緩めさせた。誘い水だ。三村がこっちを見ていた。合図を待っている。倉田は信乃と二人の船頭に、手を振ったら屎桶の陰や船底に隠れるようにと言った。念のためだ。

敵船が中州の先から出てきた。三人の射手が立ち上がり、銃を構える。倉田たちの舟まで一町ほどになった。命中可能な距離だったが、流れに翻弄されて船首が小刻みに揺れ、まだ撃てない。敵の船尾が中州から出た。思った通り、ほかの三艘を探している様子はない。船首が山科川の流れに押されて右に振れた。今だ。倉田は大きく手を振った。

ほぼ同時に四発の銃声が鳴った。先頭の射手三人が倒れ、舷側から前方を見ていた隊長らしき男が川に崩れ落ちた。敵兵はあわてて岸のほうに向き直った。が、また二発が放たれ、二人に命中した。一発は音の違いから孝助の火縄銃が火を吹いたものとわかった。

残りの兵士は十五人。指揮官を失い、それぞれがかってに撃ち出した。黒鍬たちは屎桶を盾にして次の弾を込めているので、当たらない。敵が撃ち尽くしたと見るや、三村がまたもや撃てと号令した。今度は五人が倒れた。七十間ほどの近距離からの狙撃だ。しかも相手は次の弾を込めようと必死で、遮蔽物のないところに立っている。外れるわけがなかった。

同じことの繰り返しで、あっという間に敵を撃ち倒してしまった。味方は隠れていた船頭たちを含めてみな無事だった。

三村が屎桶の陰から身を現し、三十石船の船頭たちに大声で命じた。

「ここを早く立ち去って、負傷者を医者へ連れていけ」

船頭たちは急ぎ三十石船を回頭させた。それを見た倉田は仲間を手招きした。三つの舟はすぐに岸を離れ、集まってきた。

「みな、よくやった。疲れているだろうし、腹も空かせているだろう。だが急がないと。敵はまたやって来る」

倉田の言葉に、信乃が答えた。

「すぐに帆を上げます。こっから先に大きな中州が四つ、五つありまっけど、あたしらは慣れています。心配あらしまへん。そやから、景色を楽しみながら握り飯を食べておくれやす」

六

白帆が上がって追い風を受けると、舟は順調に滑り出した。川の上は凍えるように寒かったが、信乃が持ってきた握り飯が体を温めてくれた。倉田は懐中時計を見た。戦闘をしたためか、宇治川に乗り出してからだいぶ経ったような気がしていたが、まだ八時を過ぎたばかりだった。邪魔者がまた現れなければ、あと一、二時間で宇治橋に着く。そこで牛馬を手配し、夜遅くには南都入りだ。倉田はいくぶん気が休まり、景色に目をやった。

右手は豊臣秀吉が前田利家に築造させた槙島堤で、宇治橋まで延びている。堤の向こう側には宇治川の遊水池を干拓した田地が広がっており、その先に小倉堤で仕切られた二ノ丸池と大池がある。左手には堤がなく、広い木幡《こばた》池のほかは、山裾まで田畑だ。奈良街道はこの山裾に沿って走っており、宇治橋で川を渡って奈良へ向かう。

倉田は、おだやかでのんびりとした風景を見ていると、鳥羽と伏見の戦いが絵空事のように思えた。しかし、それは現実の出来事だった。下流の八幡橋本方面から途切れることなく砲声が聞こえてくる。いつもなら二十石船や屎舟が行き交い、川がにぎわいはじめる頃合いだったが、かいもく姿を見なかった。戦のためだ。

次の中州は弥陀次郎川《みだじろう》が左から合流する手前にあった。その横を通り過ぎようとしたとき、最後尾の舟の船頭が警告を発した。

「六町ほど後方に帆影四つ」

信乃がすぐに後ろを見た。

「今度は淀の二十石船どす。あの船はいつも宇治へ行ったり来たりしてまっさかい、前の三十石船とは違て、まごまごせえへん思います。ひー、ふー、みー、よー、いー、五人ずつ乗っていいます。みな鉄砲を持ってはります」

倉田が思った通り、やはり小隊の残り半分が追ってきたのだ。

「ここでまた撃ち払いはります？」

と、信乃が倉田に聞いた。

「いや、さっきと同じ手はもう使えまい。敵は申し送りをしているはずだから、中州を通るときは慎重になる。待てよ。この先にも中州があるのだろう？」

「はい。隠元《いんげん》の渡しから九町（約千メートル）のとこで川が左へ曲がりまっけど、その先に大小四つあります。左手の二つは親子のように横にくっつき、右手の二つは上下に並んでいます」

「船が通れるのは？」

「左の本流と真ん中の分流どす。右の分流は幅が狭うて、この舟でも通られしまへん」

「真ん中の幅はどれだけありますか？」

「三間（五メートルあまり）あるかあらへんか」

「二十石船が通れば手が届きそうな距離だな。で、茂みは？」

「どっちの中州にもヨシが生えとって、ほかに名前のわからない潅木やら雑草やらがぎょうさんどす」

倉田はその返事を聞いて、すぐに決めた。

「よし、川が湾曲しているところまで急いでください。敵に悟られないように左手の親子中州に上陸したいのです」

信乃が船頭たちに指示すると、舟は速さを増した。

隠元の渡しに人々の姿はまだなく、渡し船は岸辺の船着き場に舫《もや》われていた。渡し守が番小屋の前で火にあたって煙管《きせる》を吹かし、倉田の舟をのんびりと見つめている。伏見から屎桶を積んできた屎舟に見えているだろうか。倉田はそう考えると、なんだかおかしくなった。が、すぐ我に返り、後方を見た。敵の二十石船は弥陀次郎川の手前にある中州を通過したが、追いつくにはまだ時間がかかる。

目当ての中州が湾曲部の先に見えてきた。信乃は帆を下ろさせると、船団を真ん中の分流へと進ませた。四艘の舟はやがて親子中州の小さいほうの横で止まった。倉田は舟を飛び降り、みなに言った。

「わたしと深谷さん、黒鍬は大きいほうの中州へ渡って茂みに隠れ、本流を来る敵を攻撃する。お信乃さんは舟を引き連れて中州の一町ほど先へ行き、縦一列に並んで待っていてください。連中の船が見えたら、舟を走らせているふりをするように。孝助と忠兵衛はその一番後ろの舟から敵の注意を引きつけてくれ。おれたちが降りたと気付かれないようにするためだ。だが無理はするなよ。深谷さんは半弓を用意してください」

「音もなく奇襲し、やつらをうろたえさせようというわけですな」

「そうです。先頭の二艘はわたしと深谷さんがやっつけ、残り二艘は黒鍬組が攻撃する。攻撃の合図はピストルの音だ。孝助は本流に船が見えたら、一番前にいるやつを狙え。今度も船頭たちは撃つな」

倉田はそう言うと、少し考え、また口を開いた。

「お信乃さん。棹を一本貸してくれんか」

信乃はけげんそうな顔をしたが、倉田は「念のためだ」と言い、みなをうながして大きいほうの中州へ移った。それから一人で下流側へ行くと、茂みの間から敵船を観察した。兵士たちはすでに銃を構えて警戒していた。やはり、不意撃ちに気をつけろと、三十石船の連中から忠告されたのだ。

中州に近づいてきた敵船のうち、先を走る二艘は急いで縮帆していた。棹を使って真ん中の水路をめざすのだ。残りの二艘はそのまま本流へ進もうとしていた。ひょっとしたらという勘が当たった。倉田は三村たちが潜んでいる場所へ急いでもどり、変更を伝えた。倉田と深谷は分流を来る船を攻撃する。

二人は小さいほうの中州にふたたび渡り、藪に身を隠した。倉田はふところのピストルを取り出し、弾を五発入れた。深谷は矢筒を背負い、背の高さほどの半弓の弦を絞って強さを試した。二人は相談のうえ、深谷は二艘目を下流側から、倉田は一艘目を上流側から攻撃することに決めた。

やがて船がやって来た。深谷は目の前を二つ目の船が通り過ぎようとしたとき、藪の中から立ち上がって弦を絞り、矢を放った。距離は十間（十八メートル）に満たない。一番後ろにいた兵士が倒れた。次いで二人目。矢が当たったのを見とどけると、深谷は藪に身を潜めて少し移動し、また立ち上がって弦を絞った。

一艘目の兵士たちが異変に気づき、後ろを振り向いた。同時に倉田は藪から出て船に近寄り、ピストルを連射した。命中は三人。艫のほうにいた二人は外してしまった。倉田は弾が切れたピストルを捨て、近くに転がしておいた棹を取ると、走りながら流れに突き刺して支点にし、舳先へ飛んだ。残った一人が小銃を撃とうとした。と、すぐさま別の鉄砲の音がして、男は倒れてしまった。倉田が船上に立ったと見るや、もう一人の男が抜刀して近寄った。小銃は持っていない。この小船団の指揮官だ。

「徳川の犬め。新式銃をどけ持っていっつもりだ」

男は憎々しげに言った。倉田も刀を抜いた。

「何をおっしゃいますやら。わたしら屎桶を宇治まで運んでおりますのや」

「アホ抜かせ。百姓がピストルやら刀やら持っちょるわけがなか」

「屎を狙うしみったれた薩摩っぽが出没しているさかい、用心のためですわ」

「せからしか」

男は上段から斬りかかった。狭い船上であり、床には兵士が倒れている。体をかわす余裕はない。倉田は刀で受けたが、相手の膂力《りょりょく》が勝っていた。徐々に押され、切っ先が目の前に迫る。と、倉田は右足をさっと身体に引きつけるや否や、足の裏で相手の腹を思いっきり押した。男は後ろへ倒れかかり、刀にかかっていた力が弱まった。すかさず倉田は刀をはねのけ、男を袈裟《けさ》斬りにした。

深谷は助勢しようと構えていた弓を下ろした。二人は目を見合わせ、ニヤッと笑った。

深谷はすでに二艘目の全員を始末していた。

「うまく行きましたね。見事な弓の腕前です」

「いやいや、倉田さんこそ。天下の旗本が海賊をするとは驚きました」

「はっはっは」

中州では射撃音が続いていた。

「向こうの助っ人に行きましょう」

倉田は船から飛び降りると、舳先と艫でうずくまっている船頭たちに声をかけた。

「まだ生きている者たちもいるだろうから、早く伏見へ連れて帰れ」

二人は本流のほうへ腰をかがめて走った。倉田が黒鍬の潜む茂みに近づくと、気付いた敵兵が小銃を撃とうとした。

伏せようとした瞬間、銃声がした。倒れたのは敵兵だ。音からすると、孝助の火縄銃だった。

七

ひとまず戦いは終わった。倉田は本流の二十石船二艘も伏見へ引き返させ、信乃たちを呼び寄せた。黒鍬の富塚新次郎が脚にかすり傷を負っただけで、ほかは無事だった。三村が言った。

「孝助さんの火縄銃のおかげです。二人も倒してくれました」

「とすると、わたしを助けてくれたのはだれだろう？」

倉田の疑問に答えてくれたのは、富塚の脚を手当している信乃だった。

「西垣さまが堤の上にいてはります」

倉田が目をやると、騎乗の西垣が小銃を振っていた。

ほどなく岸辺にみなが集まり、西垣悌吉郎も寄ってきた。

「うまい具合に見つけることができました」

「おかげで助かった」

倉田が礼を言うと、三村が部下を自慢した。

「悌吉郎は射撃が得意なのです。黒鍬にはもったいないほどです」

「馬上から狙うとは恐れ入った。自己流と言ったけれど、馬術も得意ではありませんか」

深谷がほめた。

「いやいや、まぐれ当たりです。それはともかく、また大変な事態が発生しました」

「というと」

みなが西垣を注視した。

「彦根藩が公然と薩長側についたようです」

倉田は唖然とした。彦根藩の井伊家は大老を出す譜代筆頭の家柄である。それが徳川を裏切るとは……。

「三日頃から、彦根藩は徳島藩など五藩と大津の守備につき、その分遣隊がきのう瀬田から宇治川を下って偵察に来たというのです。確かに、わたしも宇治橋の南詰を通るときに、たき火で暖を取っている兵士たちを見ました。ただ、馬方を装ってすり抜けるのに必死だったので、どこの藩の者かまでは判別しかねたのですが」

倉田が言った。

「徳川の援軍が南や東から来たら、宇治橋と瀬田の唐橋《からはし》で阻止する役目だろうな。王政復古後、彦根藩が勤王に傾いたことはわかっていた。先月二十六日には朝廷の命令で鳥羽街道四塚関門の警備に駆り出されたことも知っている。だが鳥羽と伏見の戦いには加わっていなかったので、まだ様子見をしていると思っていた」

西垣がもう一つ驚くべきことを伝えた。

「それと、津藩の動きがおかしいという話を、六地蔵の馬借問屋で聞いたのです」

「津？　藤堂《とうどう》が？」

「はい。昨夜遅くに、藤堂の早馬が八科峠か小栗栖《おぐるす》のほうから来て、馬を替えて宇治方面へ駆け去ったというのです」

「国元へ注進か。戦が始まったことはすでに報告しているはずだ。とすると、それと同じくらい重要な報せというわけだな」

「話はもう一つありまして、これは宇治の代官所で聞いたのですが、朝廷の指示で藤堂支藩の久居《ひさい》藩兵が宇治橋の警固にもどってくるというのです。ひょっとして、わたしが見た兵士たちはその第一陣かもしれません」

深谷が厳しい表情をした。

「久居藩が幕府の命により昨年末まで警固をしていたのは確かですが、王政復古にともなって役を解かれ、藩主とともに入京したはずです。それがもどるということは、やはり薩長側についたとしか考えられませんね」

「まさか。藤堂まで寝返るとは思えないが」

倉田は思った。藤堂高虎が興した津藩は外様だが、幕府の信頼があつい大藩だ。伊勢国の半分と伊賀一国を領しており、山城と大和にも飛び地領を持っているので、京都方面へ兵を動かしやすい。それゆえ、摂津と山城の国境にあたる交通の要地、山崎の守備を幕府から命じられている。もし裏切ったとなれば、いま戦っている八幡と橋本の戦況が一変するだろう。山崎の高浜砲台から対岸の楠葉《くずは》砲台や橋本の徳川軍を砲撃できるからだ。

深谷がまた言った。

「山城の津藩領は南都のすぐ北、相楽《そうらく》郡にあります。徳川から離反したのなら、上狛《かみこま》と木津浜の渡しを押さえにかかるでしょう。そうなると、大和街道から木津川を越えて南都へ入るのは困難です。まして彦根藩、久居藩のいずれにせよ、敵側に宇治橋一帯を握られた場合は、宇治から奈良街道そして大和街道を進むという計画自体がお手上げになります」

西垣がもたらした報せに、倉田も深谷も三村もみなが暗い表情となった。勝敗の帰趨《きすう》もさることながら、自分たちは袋小路に入ってしまったのだ。伏見のほうへもどれば、追っ手の船とまた遭遇する。そうなると、今までのようなわけにはいかない。堤や橋の上からも攻撃されるだろう。倉田が進退窮まったと思ったとき、信乃が思い切ったように声を上げた。

「とりあえず大池へ向かいまへんか」

「だが淀を押さえられていては、大池へ入るのは無理だ。第一、もどる途中で連中に攻撃される」

倉田が心配すると、信乃は断言した。

「いえ、大丈夫どす。確かに宇治川から大池への出入り口は、淀へ抜ける東一口村《ひがしいもあらい》の水路一つだけということになっています。堤が切れる豊後橋から下流の左岸は、新田と水が行き来できるだけの湿地ですからね。そやけど、じつはここから十町ほど上流の槇島浜と宇治橋のあいだに水路と樋門があり、そこを抜ければ大池に入れるんどす」

「そうか、お信乃さんが京で隠れ水路と言ったのはそれのことか。しかし、あの連中に見つかるのではないか」

「そこは前に中州があり、宇治橋や本流から影になっています。草木もちょっとした森のように生い茂っているさかい、見つけんのは難しうおす」

「その存在を知っている者もいるのだろう」

「いえ。近辺の村人でも知らへんと思います。樋門、閘門《こうもん》と呼んだほうがえーかもわかりまへんけど、樋門に関するいっさいは吉田の一統が支配することになっとって、一帯の立ち入りは禁止どす。そやから入られしまへん」

倉田はうなずくと同時に、吉田屋敷で信乃が「万一のために樋門を点検してきた」と言ったことを思い出した。その万に一つが起きたのだ。倉田はちらりと時計を見た。十時前だった。戦いに手間取り、時が過ぎていく。

「お信乃さんの話に乗ろう。だが、問題はその先をどうするかだ」

「小倉村から大和街道を行かはるんやったら、馬の手配が困難どす。そやから舟を目いっぱい利用しはって、大池の南岸にある安田村から古川をさかのぼりはったらどないどす。そこから一里（四キロ）ほどの寺田村から大和街道へ出られますっさかいに。ほんで、こなら馬も集められます」

「そうだ」

深谷が何かを思いついた。

「寺田から奈島《なしま》村まで南下して、十六《じゅうろく》の渡しから草内《くさうち》へと木津川を渡るのです。そして西へ興戸《こうど》、尊延寺《そんえんじ》と間道を通って北河内に出れば、南都へ向かう必要はありません」

「このまえ、わたしが交野山から小倉村へ抜けたときの逆の経路ですね」

倉田が反応した。

「そうです。北河内から十六の渡しまでは、本能寺の変のとき、家康公が伊賀越えをされるために通られたところです。この経路には淀藩の領地が若干ありますが、村役人に任せきりで、武士はいません」

「よし決まった。急ごう」

倉田が決断すると、信乃が言った。

「一つ西垣さまにお願いがございます」

「と言うと？」

「小倉村の父に伝えていただきたいのでございます。あったかい飯とみそ汁を久保田浜に用意しておいてほしいと」

「それはありがたい。悌吉郎。ついでに大和街道の様子も探ってきてくれ」

三村が西垣に命じると、西垣は信乃から吉田屋敷の位置を聞き、小倉村へ馬を走らせた。深谷はそれを目で送ると、倉田に言った。

「豊後橋が焼け落ち、橋より北は薩長が制圧しましたが、向島から南の小倉、伊勢田、大久保、寺田、長池とどうなっているかです。すべて押さえられていたら、奈島へ向かうのは無理ですから」

「そのときは奥の手を使います」

倉田は決然と言った。

「とりあえず宇治川から離脱だ」

これを合図に一行は宇治橋をめざした。目立たないようにと途中から帆を下ろし、櫓と棹だけでゆっくりと進んだ。微かに聞こえていた砲撃の音はなくなっていた。戦いに決着がついたのだろうか。倉田は気になったが、目下の任務を果たさねばならない。

右手に槇島浜が見えてきた。人気がなく閑散としており、二艘の舟が船着き場に繋がれていた。人々は、戦が終わるのを静かに待っている。

中州が近づいてきた。そのずっと先に宇治橋が見えた。右手の河原は堤まで三十間（五十四メートル）ほどの幅があり、岸辺まで樹木がうっそうと茂っている。川には枝が垂れ下がっているため、岸辺との境目がわからない。信乃は舟を岸寄りに進ませた。宇治橋から舟が見えないようにするためだ。と言っても、ときおり通る旅人はみな足早に渡っていくだけで、橋の上に立ち止まって下流の様子を見る者などいなかった。見たとしても、岸に着けようとしているのだとしか思わないだろう。

梢《こずえ》がひときわ張り出している場所に来ると、信乃は躊躇《ちゅうちょ》することなく、舟をその中に入れた。後続の舟もそれを見習った。樹林の中には舟一艘が通れる水路があり、少し進んだところに、堤の裾を切って石組みした閘門があった。その前は舟一艘が向きを変えられるように少し広くなっている。閘門は頑丈な角材を上げ下げすることにより水位を調節する仕組みで、角材の大きさは厚さが五、六寸、長さ一間ほど。両端に縄がついている。

船頭たちが閘門に取り付くと、信乃は号令をかけて、角材を引っ張り上げさせた。上がるにつれ、閘門の先に水が流れていく。十本引き上げたところで、流入は止まった。つまり次の閘門までのあいだが川と同じ水位になり、舟が入っていけるということだ。

信乃は倉田に説明した。

「舟を入れたらこっちを閉め、向こうの閘門を開けます。すると今度は水が流れ出て、その先の水路と同じ水位になります。宇治川の水位のほうが低いときは、水の出入りは逆になりまっけど」

「なるほど。武蔵国の足立郡にある見沼通船堀《みぬまつうせんぼり》と同じような仕組みだな。一度に何艘まで通せるのですか」

「二艘どす」

最初の二艘が閘門を通り、堤の下に穿《うが》たれた隧道《すいどう》の中へ入っていった。暗いうえに高さがないので、何も見えなかったが、船頭たちは手慣れた様子で舟を進ませた。ときおり習練をしているのだろう。信乃が倉田の思いを感じたのか教えてくれた。

「非常時以外、実際に宇治川に乗り出すことはあらしまへん。そやけど、年に二度閘門の点検と掃除をするとき、出入りする手順のおさらいだけは欠かさんようにしています」

ほどなく隧道を出ると、さっきと同じく、樹林の中にもう一つの閘門があった。船頭たちは前と同じように石組みに取り付き、材を引き上げた。水が流れ出し、止まった。舟が進み出た先は小さな沼で、樹林が切れるあたりで小川に注いでいる。

倉田は目を見張った。

「おどろいた。こんなところがあったとは。どうみても沼と宇治川が閘門でつながっているとは思えない」

「太閤さんが槇島堤を築きはる前は、宇治川は幾つもの分流となって大池へ流れ込んでいました。この沼はその名残で、水は湧き出た伏流水どす。沼の水はあこから小川に流れ込んでいますが、小川の源流は宇治橋の上流で水車が汲み上げた川の水でっさかい、だれも沼のことなど気にとめまへん」

「なるほど。で、閘門を造ったわけは？」

「堤ができたことで、大池の出入り口は東一口だけになりました。これでは戦や天変地異が起きたら心許《こころもと》ないさかい、ご公儀の許しを得て密かに造ったと聞いています」

後続も沼へ入ってきたので、四艘の舟は列を組んで小川へと乗り出した。小川は高瀬舟が一艘通れるほどの幅で、深さもあまりない。進むにつれて田畑が広がった。小川はその中を西へ向かって流れている。右手の一町ほど先で地面が盛り上がっており、その南斜面から小川のそばにある田んぼまで、青々とした低木に覆われている。

信乃が言った。

「あれは薗場《えんば》の堤どす。槇島堤から分岐して小倉村の三軒家まで続き、小倉堤につながります。この一帯はええ茶所で、もうちびっと行けば、玉露が生まれた所どす。ひと月もすれば枝の整えや肥料の施し作業が始まるやろ思います」

「そして八十八夜を迎え、娘さんたちは茶摘みに大忙しというわけだな」

倉田はその情景を目に浮かべ、笑みを浮かべた。

「そんときはわたしも姉さん被りでお手伝いします。これでもまだ娘でっさかい」

「さぞかし、きりっとした茶摘女《ちゃつみめ》でしょうね。見てみたいものです」

信乃は照れもせず、「ほほほ」と笑った。

船頭たちはのんびりと舟を進めた。倉田は舟の心地よい揺れに誘われ、うつらうつらした。二条城へ潜り込んでから、すでに半日が経過していた。この間一睡もせず、三回も戦っている。さすがに疲れが眠気を誘った。

西へ十五町（千六百メートル）ほど行くと、春日神社の森が現れた。小高くなっており、斜面は茶畑だ。川はこの茶畑に沿って北へ西へとゆるやかに曲がり、やがて、水車がそばで回っている小倉小橋が見えてきた。小橋の上は大和街道だ。北へ行けば小倉堤から豊後橋を渡って伏見の町。南へ向かえば長池から木津を通って奈良に入る。橋のそばに茶店があったが、店は閉まっていた。戦の影響で往来する旅人が少ないからだ。

小橋を抜けて大池へ出ると、砲声が聞こえてきた。信乃は「淀か八幡の方角どす」と言い、舟を右手にある久保田浜へと向かわせた。

久保田浜は池畔から舟道《ふなみち》を少し入った場所にあった。舟着き場は階段状になっており、すぐ上は作業場で、奥に漁師の家々が建ち並んでいた。一行が到着すると、待っていた智右衛門が作業場に置かれた大きな床机へ案内した。床机の真ん中にてんこ盛りの握り飯が用意され、傍らのたき火には鍋が掛かっている。

「大変なことになりましたなあ」

智右衛門が倉田に話しかけた。

「お信乃さんと吉田の御一統のおかげで助かりました。お信乃さんは男も顔負けの働きぶりです」

「倉田さま。ただのじゃじゃ馬娘でございます。女だてらに舟を操りたがる」

智右衛門はそう言いながらも、うれしそうだった。

「さあさあ、みなさん、おにぎりと暖かいおみそ汁をおあがりやす」

信乃が火の番をしていた女中といっしょに世話を焼いたので、一行は床机に座って握り飯を頬張り、汁椀をすすった。頃合いを見計らって、智右衛門はみなに近辺の様子を伝えた。

「このあたり、向島から小倉、伊勢田まで兵はいてまへん。ただ昨日の朝、薩長の兵三百ほどが宇治屋の辻を通って淀方面へ向かい、その日は坊之池《ぼうのいけ》村で夜を過ごしたようどす。

坊之池は淀の町から東南へ十五町ほど行ったところにある村でっけど、豊後橋が落ちたさかい、おそらく宇治橋回りでやって来たんでっしゃろ」

一帯の地勢に詳しい深谷が、敏感に反応した。

「大池を迂回《うかい》して淀を攻撃するつもりだったのでしょうね。ところが淀藩が裏切って徳川方が八幡へ退却したため、戦いには間に合わず、坊之池に宿営したというわけですな。今日は木津川を渡って搦《から》め手から八幡を攻撃するつもりでしょう。いや、もうすでに渡河しているかもしれない」

「それともう一つ。半時ほど前に、今度は西から三十人あまりの長州兵がやって来て、宇治屋の辻で検問を開始しました。これは西垣さまご自身の目撃で、西垣さまはわたしにこのことを伝えはったあと、向島のほうへ行かはりました」

この話に、三村が首をひねった。

「西からということは坊之池の分遣隊でしょう。貴重な戦力を検問に割くからには差し迫ったわけがあるのでしょうか」

三村の疑問を受けて、深谷は元与力らしい分析をした。

「いや、これはまずいですな。われわれの手配書が伏見から回ったのではありませんか。

新式銃を持った屎舟の一味が宇治方面へ向かったので見つけろ、とでも」

　倉田がこの見方に同意した。

「そうでしょう。そして背後を衝《つ》かれたら困るので、阻止しろと命じたのです」

「それにしても宇治屋の辻に網を張るとはまいりましたな」

　宇治屋の辻は春日神社の半里（二キロ）ほど南にあり、伏見から来る大和街道に宇治から延びてきた奈良街道が合流する交通の要所だ。ここを押さえられたとあっては、いよいよもって、大池から安田村、そして寺田村へと迂回するしかない。徳川軍のよもやの緒戦敗走と、彦根藩や淀藩の背信により、計画がどんどん狂ってきている。津藩の動きも気になった。

「よし、急ごう。まだまだ先は長いが、十六の渡しで木津川を渡ってしまえば、こっちのものだ」

　みなが立ち上がろうとしたところへ、北から大和街道を駆けてくるひづめの音がした。街道は久保田浜のそばを通っているので、すぐに西垣がもどってきたのだとわかった。西垣も仲間がいることに気づき、浜へ下りてきた。

「どうだった」

三村が西垣にたずねた。

「やはり藤堂が裏切りました」

八

倉田は唖然とし、次に怒りが込み上げてきた。幕府の柱石だった藩がどんどん裏切っていく。藤堂藩に不穏な動きがあると聞いたときには、まだ確信が持てなかった。が、不穏どころではなかったのだ。みなはふたたび腰を下ろし、西垣の報告に聞き入った。

「宇治屋の辻から引き返し、大和街道を北上したのですが、二ノ丸池の近くに来ると、しばらく止んでいた大砲の音が聞こえてきたのです」

西垣はすぐに馬を止めて耳を澄ました。すると、応戦するように別の砲声がした。西垣は歩度を早めて焼け落ちた豊後橋の南詰まで行き、近くにあるムクノキに取り付いた。十尺（三メートル）ほど登ると、八幡橋本、それに対岸の山崎まで見通せた。

望遠鏡を取り出して焦点を男山の東側に合わせたが、八幡の家々からは火や煙が立ち上っていたものの、戦いはすでに終わっているようだった。そこで今度は、右手の天王山と淀川に挟まれた山崎関門のあたりに望遠鏡を振った。藤堂藩が守備している高浜砲台が見えた。その砲台が火を吹いていたのである。しかも、明らかに対岸の橋本と楠葉を狙っていた。すぐにまた左へ少し振ると、男山の山端に隠れている楠葉砲台の上空あたりに、砲煙が上がっていた。つまり味方同士が川をはさんで大砲を撃ち合っていることになる。これが意味することは、藤堂藩が薩長についたということだった。

やがて橋本から火の手が上がった……。

倉田は怒りを押さえた声で言った。

「こうなると、徳川方は橋本を捨てて、枚方まで退却するだろう。枚方でも踏みとどまれなかったら、大坂城まで妨げるものは何もないので、敵の進軍は容易だ。しかもだ。大坂城は難攻不落で残存兵力も備蓄も十分とはいえ、これまでの彼我《ひが》の戦い方を見ると、徳川が絶対勝つとは確信できない。大砲を使った野戦は敵のほうが一枚上手だ。籠城戦に持ち込んで援軍を待ち、幕府海軍に活躍してもらえば勝てるのだが、慶喜公が断固として戦うという意思を持っているかどうかが問題だ」

慶喜は頭脳明晰なうえに言葉が巧みで、政治や外交の場で駆け引きをするのは得意中の得意だ。逆に軍事は苦手で、武力対決になると気持ちがぐらつきやすい。倉田はそれを危惧したのだ。一方の西郷や大久保といった薩摩の指導者は、策を弄するに巧みなだけではなく、死を恐れず断固としている。だから討幕の意志を固めたとあれば、決然としてそれを行う。この違いは大きかった。そして戦いを制するのは、理の是非ではなく強固な意志だ。

みな沈痛な面持ちになった。西垣は信乃にすすめられた握り飯を頬張りつつ、話を続けた。

「もう一つあります。宇治屋の辻の件です。智右衛門さんには言いそびれたのですが、わたしが隠れて長州兵の様子をうかがっていると、十人ほどが街道を南へ少し下って小川に架かる橋を渡り、左手の山へ入っていきました。村人一人を連れてです」

土地鑑のある智右衛門と信乃、それに深谷が顔を見合わせた。

「その先には何があるのでしょうか。宇治橋へ行くつもりなら、方角が少しずれていると思うのですが」

「宇治屋の辻のあたりは淀藩の領地で、広野《ひろの》という村です。その小川から上流へ十町(千百メートル)ほどの山あいに、藩の火薬を貯蔵しておく焔硝蔵《えんしょうぐら》があります。おそらくそこへ向かったのだと思います」

深谷が推測すると、智右衛門が補足した。

「小川の名前は名木川《なき》と言いまっけど、広野村の西隣にある大久保村で北へ向きを変え、その先の伊勢田村で大池へ流れ込みますねん。そこから淀へは一里半（六キロ）ほどでっさかい、舟を急がせれば半時ほどで着きますわ」

「ということは淀藩に火薬を供出させ、それを取りに行ったということですか」

西垣は得心がいったようにうなずいた。

「舟を使って前線へ運び込み、枚方そして大坂城の攻略に使うつもりなのだ。まったくもって、裏切りというのは罪深い。直接的にせよ間接的にせよ、今までの仲間を殺す手助けまでするのだから」

倉田はそう言うと、沈黙した。深谷も黙り込んでしまった。深谷の嫡男は京都町奉行所与力として、徳川軍の新遊撃隊に組み入れられている。今頃は橋本で戦っているか、大坂城へと敗走しているだろう。いや、すでに戦死している可能性もあった。

沈黙はその場にいる全員に広がり、倉田の脳裏を永井の言葉が過《よ》ぎった。

――不測の事態になっても、敵に金を渡すな。いずこかへ隠し置け。渡せば銃砲弾薬購入などに使われ、味方の犠牲者が増えることになる。それは避けたい。そもそもあの金は軍資金ではない。慶喜公が新政府に加わったときに使う当座の資金なのだ。その新政府が目指すのは、薩長が立ち上げようとしている古色蒼然《そうぜん》たる王政復古ではない。諸侯による合議制の政府だ。しかしこれとて、まったく新しい時代を創《つく》るための一歩でしかない……。

倉田には永井の言いたいことがわかっていた。永井は慶喜の思惑の先を見ていた。二条城公用金はそのために使われなければならない。

倉田は立ち上がり、荒涼とした大池に目をやった。漁に出ている舟はなく、カモやバンが頼りなげに波の上で漂っている。岸辺のヨシ原は末枯れて色もなく、水面を吹き渡る北風に揺れていた。

腹を満たした船頭たちは帆を畳み、舟の手入れに取りかかった。その家々から子どもたちのはしゃいだ声がする。

倉田のそばにいた信乃が、とつぜん「あっ」と叫んだ。

「六艘の舟がこちらへやって来ます」

信乃は目がよく利く。

「舟？　どっちから来たのかわかりますか」

「東一口どす。進路から見て、伊勢田へ行かはるんや思います」

西垣が背中の望遠鏡をさっと取り出し、焦点を合わせた。

「先頭と最後尾の舟に五人ずつ韮山笠の銃兵が乗り込んでいます。長州兵です。水主《すいしゅ》は各二人でこれも軍装をしています。それと先頭の舟にもう一人。平服の武士です」

「火薬箱を運ぶための舟だな。銃兵は護衛のため。武士は淀藩の案内役だろう。水主は淀藩から徴集しなかったとみえる。裏切った淀藩を全面的にはまだ信用していないのだ。伊勢田まであとどれくらいかかる？」

「小半時（三十分）どす」

信乃が答えると、深谷がすかさず分析した。

「先ほどの西垣どのの報告と合わせて推し量ると、火薬を積み込んであの辺にもどってくるまで三時間もかかりませんな」

「なるほど」と倉田は言い、今度は智右衛門にたずねた。

「今日は大池に漁師の姿がありませんが、やはり戦のせいですか？」

「はい。初市もまだ立っておりまへん」

倉田は少し考え、決断した。

「みんな。今までご苦労だったが、大坂城へ行くのは取り止めだ。情勢がこうなると、この屎桶の中身を持ち返ったとしても、戦に使われるだけのこと。徳川が持ちこたえれば、京へ反攻するための武器をフランスから買う資金として。逆にもしも薩長が大坂城を落とせば、奪い取られ、イギリスから武器を調達する資金となるだろう。そしてその武器は江戸を攻撃するために使われる。だが、公用金はこの国の新しい時代を築くために使われるべきだ。戦のためには使わせたくない。大池に隠し置き、時期を見て引き上げに来る」

倉田はいったん言葉を切り、仲間の顔を眺めた。異論は出なかった。

「智右衛門どの。船頭たちをこれ以上危険な目に遭わせるわけにはいきません。ここで解散し、お預けした金から心付けをたっぷりと差し上げてください。また薩長が探索に来ても、口外無用と厳命してください。船頭さんたちの身の安全のためです。われわれが消え去れば、新式銃を運ぶ怪しい舟の行く先は謎となりますから、心配はありません」

智右衛門はゆっくりとうなずいた。倉田の思いやりがわかったのである。

「うまい具合に宇治橋をくぐり抜けて上流の甘樫浜《あまかしのはま》へ向かったか、手前の五ケ庄《ごかしよう》あたりの湿地からいずこかへ逃れたと考えるかもわかりまへんな」

「そう願いたいところです」

倉田は深谷と孝助、忠兵衛の三人に視線を変えた。

「さて、お三方は京へ引き上げてください。これまでのことには感謝するばかりです。いずれ京で一献傾けましょうぞ。これからは黒鍬とわたしだけで行動します。やることは二つです。公用金を大池に沈めることが第一。次にやつらの舟を襲います」

深谷が首を横に振った。

「倉田さん、それは水臭い。拙者にも海賊をさせてください。隠居の身ですが、これでも幕臣の端くれです。敵にもう一矢放ちたいではありませんか。倅がすでに討ち死にしているとすれば、その敵討ちにもなりますゆえ」

孝助は胸を叩いた。

「わたしは非道な連中に一泡吹かせるために仲間に加わったのです。最後まで戦わせてください。命など惜しくはありません」

忠兵衛も言った。

「わても同じどす。ここで引き下がっては京童《きょうわらべ》の名折れ。西国の田舎侍どもに飛礫を振る舞ってやらんと、店へ帰られしまへん」

倉田はため息をついた。

「なんとも命を粗末にする人たちだな。仕方がない。手伝ってもらいましょう。正直言って、助かります。ですが、わたしの指示に従ってください。全員無事に帰還させるためです。お信乃さん。舟をこのまま使わせてもらってもいいですか」

「もちろんどす」

「三村。富塚は行けるか？」

倉田は脚に傷を負った富塚新次郎を気づかった。

三村が後方にいた富塚に目をやるやいなや、富塚は「行けます」と断固として答えた。若い黒鍬たちは疲れを見せず、まだまだ意気軒昂《けんこう》だった。

「みなさん。棹や櫓は使えまっか？」

信乃が心配すると、孝助が自慢げに答えた。

「『棹は三年、櫓は三月』と言いますが、ご心配なく。わたしは子どもの頃から信濃の千《ち》曲《く》川《まがわ》で、魚を捕る親父の手伝いをしていました。棹や櫓の扱いは得意です」

三村もきっぱりと言った。

「黒鍬之者にできないことはありません。といっても地理不案内なので、大池を舟で進む際に注意すべき点があればご教示願いたい」

信乃は「はい」と言って、池を指差しながら三村たちに話した。

「大池は深いとこでも五尺（一メートル半）しかあらしまへん。沿岸部をヘリ、真ん中をオク、そのあいだをチュウドコと申しますが、ヘリは浅く、オクへ向かってだんだん深うなっていきます。底はほとんどが泥土で、宇治川に近いほうは砂や小石が積み重なっています。冬場は水位が夏よりも低うなっているさかい、櫓はヘリやチュウドコの一部では使えまへん」

「池のあちこちにあるこんもりとしたものは何でしょうか？」

「あれは浸木漁《したきりよう》の仕掛けどす。魚が集まるよう柴や笹などを突き刺し、茂みにしているんどす。遠くからはわかりまへんけど、舟が進入できひんように、まわりには木の枝や竹が幾重にも立っているさかい、突っ込んでしまうと厄介どす。気ぃ付けておくれやす」

「そういった仕掛けのない広い場所はありますか？」

倉田がたずねた。

「この浜を出るとすぐに見えまっけど、北へ四町（四百四十メートル）ほどんとこに、小倉堤に沿ってちびっとした島があります。わたしたちは小倉小島と呼んでいます。この島の北の端から西へ長さ十五町、北へ幅三町にかけては仕掛けをおかん決まりどす。この水域以外は数多くの仕掛けがあります。先ほどの東一口から来た舟は、この水域の真ん中から島寄りで向きを南に変えました」

荷舟を襲撃するのにもってこいの場所だった。

「あの舟は帰りも同じような船路《ふなじ》を取るのでしょうね？」

「はい。伊勢田と行き来する淀藩の舟は必ずあの船路を取ります。案内役はそう教えてはると思います」

「ヘリのあたりはヨシ原が多いように見えますが、われわれの舟が潜めるようなところはありますか？」

「大池の北は宇治川が作った寄り州で、新田や湿地になっています。そこには十六池と呼ばれるほど小さな入江が沢山ありまっさかい、潜めると思います。それから小倉小島と対岸の堤のあいだにある幅三間ほどの淵には、密生した木々の枝が堤から垂れています。そやから隠れるにはもってこいどす。南の伊勢田から安田村の岸に広がっているヨシ原にも、入り江のような場所がいくつかありまっけど」

信乃はさすがに大池を熟知していた。

「淵の深さはいかほどですか？」

「ヘリとはいうものの、一尋つまり五尺（一メートル半）はあります。その下は泥どす」

「泥の厚さは？」

「二尺どす」

「子らが水遊びをするということは？」

「それはあらしまへん。小倉小島はわたしらの土地ですし、水神さまの伝説がある神聖な場所どす。子どもたちは怖がって近づきまへん」

倉田は少し考え、公用金の隠し場所をこの淵に決めた。

次は敵の舟を襲撃するやり方だ。手持ちの武器を精いっぱい利用し、しかも味方に死傷者を出さない方法を考えねばならない。倉田は三村にたずねた。

「シャスポー銃の最大射程はどれくらいだ？」

「六町（六百五十メートル）ぐらいまでは命中できますが、足場の悪い舟の上から人に当てようと思えば、三ないし四町がいいところでしょう」

「今までは接近戦だったからうまくいったが、今度も引きつけられるだけ引きつけたほうが確実だな」

「忠兵衛の飛礫は？」

「人に当てるなら飛礫は三十間（五十四メートル）。振り飄石ならざっと五十間どす。三条か四条大橋くらいの隔たりなら、確実に命中でっせ。命は取れんかて、痛みで動けのーなりますわ」

振り飄石は竿の先に付けた紐に小石を掛け、勢いをつけて振り飛ばす簡単な投石器だ。忠兵衛は子どもの頃から飛礫が得意で、鴨川の対岸にある樹木に当てることができるのが自慢だった。

孝助にも聞いた。

「火縄銃に使う火薬や火縄は余分にあるのか？」

「銃に用いなければ、舟の二艘や三艘は燃やせます」

孝助には倉田の意図が読めたようだった。

倉田は頭の中で計画を立てると、三村たちに説明した。意見を聞いて修正し、最後に一同へ決意を伝えた。

「今度はこっちから攻める戦いだ。敵を殲滅《せんめつ》し、われわれは必ず生還する。薩長が仕掛けた卑劣な戦で死ぬわけにはいかない」

九

倉田は信乃から十尋（十五メートル）ほどの長さの丈夫な細縄をもらい、黒鍬から手かぎを一本借り受けると、屎桶を積んだ四艘の舟を久保田浜から出発させた。めざすは北へ四町の小倉小島。まずは二条城公用金を沈め、それから敵の舟を襲撃する。

智右衛門が心配そうな表情で見送った。出発間際に、娘の信乃が最後までやり遂げたいと、強引に倉田の舟へ乗ったからだ。襲撃する相手は六艘の舟に乗る十名の銃兵と淀藩の武士一人それに十二人の水主だが、水主といえども長州の兵士だ。銃はともかく、刀は持っているだろう。宇治川の戦いよりも危険度は増す。それでも信乃は恐れなかった。徳川の恩顧を受けてきた吉田一統の頭領となるべき者の務めだと、説得を試みる倉田に言い張った。智右衛門には、息子なら止めないはずだと笑った。

孝助と三人の黒鍬は手慣れた様子で巧みに櫓を漕いだ。ぐんぐん迫ってくる小倉小島は平らかで、土地のほとんどが田や畑として利用されており、岸辺にはヨシや灌木《かんぼく》が生えていた。さらに近づくと、樹木の間に淵が見えてきた。その右に高く盛り上がっているのが小倉堤だ。堤の上は大和街道に沿った街路集落で、池に面した側は鬱蒼《うっそう》と木々が生い茂る崖になっている。

倉田はほっとした。崖からは淵を隠すように枝が垂れているので、二千両箱を沈める作業はもちろん、回収作業をしてもわからない。しかも透明度は高そうだが、淵をのぞいても下まではよく見えないはずだ。木々が邪魔をして明かりが差し込まない。棹を突き刺して動かすと、泥土が舞い上がり、枯れ葉が浮かび上がってくる。やはり隠すにはもってこいの場所だった。まして大和街道のすぐそばに六十箱もの二千両箱が沈んでいるとは、だれも想像できないだろう。

淵の真ん中まで来たところで、四艘の舟は縦一列に並んだ。倉田の合図で、一同は屎桶から二千両箱を次々に取り出した。重ならないように少しずつ位置を変えながら、静かに沈めていく。やがてその箱の上を舞い上がった泥や枯れ葉が覆っていき、見えなくなってしまった。

作業を終えると島へ上陸し、全員で土を集め、空になった屎桶のうち六本に詰め込んだ。

黒鍬たちの弾丸除けである。それがすむと、倉田は手かぎに紐《ひも》縄を結わえ付け、深谷は弓弦の調整、黒鍬はシャスポー銃の整備をした。三村と孝助は火薬と火縄を四本の屎桶へ仕掛け、倉田の舟に積み込んだ。

戦いの準備が整い、一同は所定の位置へ向かった。荷舟が例の水域へもどってくると思われる時間まで、あと二十分から三十分しか残っていない。黒鍬は三人ずつに分かれた。三村と渡辺、刈谷が乗る舟はオクにある浸木漁の仕掛けの陰に、西垣と富塚、高村の舟はその東側の仕掛けに隠れた。いずれも荷舟が方向を変える地点から南へ二、三町しか離れていない。シャスポー銃なら確実に敵を狙える。しかも太陽は南中をとっくに過ぎて西へ傾きつつあった。黒鍬たちは太陽を背にして荷舟を射撃できる。

倉田、深谷、孝助、忠兵衛、それに信乃が乗る舟は十六池の西寄りにある入江に潜み、臨機応変に動く。北西から攻めていけば、陽の光は問題ではない。残りの一艘は島に置いてきた。事が終わったあとで取りに行けばいい。

三艘の舟が散っていくとき、倉田は三村に声をかけた。

「うまく行くと思うが、万一わたしが帰還できなかったとしても、三村は黒鍬のみんなを引き連れてさっさと大坂城へもどり、永井さまに経緯を伝えてくれ。深谷さんたちには京へ引き上げてもらうのだ」

三村は倉田を見つめ、深々と立礼をした。そして、それぞれの舟は散っていった。

倉田はオクの定位置に着いた黒鍬たちの舟を見た。うまく隠れている。仕掛けの柴の茂みとまわりを取り巻く木の枝が、格好の目眩《くら》ましになった。攻撃を開始するまでは気付かれないだろう。西の橋本方面を望むと、煙はまだ立ち上っているが、砲声はもう聞こえなかった。徳川軍が枚方へ敗走したのだ。深谷も同じように見つめていた。息子のことが気になっているに違いない。無事だったとしても、次は大坂城の攻防戦だ。

思うことはいろいろあったが、そろそろ荷舟が姿を現す頃合いだった。倉田は頭を切り替え、敵がやって来る方角に目を凝らした。深谷の半弓と脇差、忠兵衛の振り瓢石、そして倉田の刀はそれぞれの足元に隠したので、近づくまでは漁か荷運びの舟にしか見えないだろう。

「来はりました」

遠目が利く信乃が叫んだ。やがて倉田の目にも六艘が縦一列に並んで走ってくるのがわかった。北風が吹くなか、火薬箱を満載しているので、船足は重い。想定よりいくぶん西寄りだが、計画に影響はない。案内役の武士は乗っていなかった。後始末の必要からか、焔硝蔵に残ったのだろう。

攻撃は最後尾を進む護衛の舟が進路を北から西に変えたときだ。はじめに黒鍬が前後二艘の舟の櫓漕ぎと棹使いの水主を撃ち、舟の動きを止める。次に銃兵を倒す。それからが倉田たちの出番だ。

やがて舟が次々と回頭し、水鳥がバタバタバタバタと飛び立った。最後尾が横腹を見せるやいなや、西側の黒鍬の三挺が火を吹いた。一瞬遅れて東側の三挺。二艘の舟の水主が倒れた。護衛兵が応戦しようと銃声の方角を見るが、太陽がまぶしく、すぐには応射できない。ほどなく一人が発砲し、残りの九人も五月雨式に撃った。が、倉田たちには当たったかどうかを確かめる余裕はなかった。四艘の荷舟が船列から離脱しはじめたからだ。思った通りだ。戦いは護衛兵たちにまかせ、淀へ急ぐつもりなのだ。

信乃が素早く棹を繰ってヘリから舟を出すと、孝助が力一杯櫓を漕ぎ、荷舟へと向かった。こちらも攻撃開始だ。荷舟の水主をしている長州兵たちは倉田たちの舟に気が付いたが、避けようとはしない。武器を持ってないので、荷運びの舟が南へ避難するつもりだと踏んでいるのだ。斜め前方から荷舟と交差するようにぐんぐん近寄っていく。

距離が半町（五十五メートル）ほどになったとき、倉田の合図で孝助は漕ぐのをやめ、惰性に任せた。すると敵の水主が手を振って、「ぶつかりよるぞ」と叫んだ。その声に応じたふりをして、信乃は二つの舟が平行になるように棹を使った。揺れが静まり、舟が並ぶと、倉田は叫んだ。

「何かあったんでっか」

「賊軍がおる」

と水主の一人が答えた瞬間、倉田の隣にいた深谷が半弓を取って矢をつがえ、立ち上がって弦を引き絞った。艫の忠兵衛は振り飄石を手に取って回した。孝助がしゃがみこむと同時に、二人は石と矢を放った。石は舳先で棹を使っていた水主の頭に、矢は艫で櫓を漕いでいた水主の胸に当たった。水主たちは声を上げることなく、大池へ落ちていった。

先頭の舟は推力を失い、二艘目がその艫へ突っ込んでいった。水主たちがよろめいた。それを見て深谷がまた矢をつがえて放った。忠兵衛も石を振った。今度も胸と頭に命中し、水主たちは倒れた。

信乃がすぐに棹で舳先の方向を修正し、孝助は三艘目へ向かって櫓をぐいぐい漕いだ。三艘目の水主たちは飛び道具を避けようと、火薬箱の陰に隠れた。ところがその目論見は外れた。深谷が弓を捨て、脇差を手に艫へ移動したからだ。舟に乗り込むつもりだ。倉田もまた腰に刀を差して接舷に備え、信乃に桶の陰へ隠れるようにと命じた。

舟がなおも接近すると、水主たちは火薬箱の陰から立ち上がり、舳先と艫の二手に分かれて棹を手に取った。戦いを覚悟したのだろう。腰には刀を帯びている。

横付けの瞬間が来た。と、水主たちが棹で倉田の舟を突き放した。ふたたび試みると、今度は深谷と倉田を突いてくる。二人は突きを避けるのに精一杯で、近寄れない。何度か繰り返すうちに、舳先にいた男がとつぜん「痛ぁー」と叫んで棹を落とした。忠兵衛が飛礫を投げ、それが手に当たったからだ。

艫の男が仲間に目をやった隙に、倉田は男が握っていた棹をつかんで引っ張った。舟が接舷する間を惜しんで、深谷はすぐに飛び移った。舳先にいた男が刀を抜いて斬りかかってくる。深谷は右手に持った脇差で刃を受けると、そのまま相手の右手首を左手で捕まえて動きを封じ、間髪を容れず脇差を腹に刺した。さすが小太刀の遣い手、動きに無駄はなかった。

倉田は刀を抜いて乗り込むと、間合いを近く取り、誘い込むようにゆっくりと上段に構えた。相手は少し躊躇し、中段の構えからすっと突きを入れてきた。が、喉《のど》に届くより一瞬早く、倉田は「エイ」と気合もろとも右肩から斬り下げた。真っ向幹竹割《からたけわ》りだ。

倉田と深谷が敵を倒すと、信乃も飛び移り、縄付きの手かぎを倉田に、弓矢を深谷に渡した。孝助と忠兵衛はそのまま一、二艘目の荷舟へと向かった。打ち合わせ通りの行動だった。火薬を仕掛けた桶を積み移すのだ。

倉田は次に襲う四艘目の荷舟を見た。船団から離脱し、距離が開いている。倉田は手かぎをつかみ、荷舟に投げてみたが、届かない。信乃は懸命に櫓を漕いだが、敵も必死に逃げる。差を縮められない。深谷が一計を案じた。櫓を漕いでいる水主に矢を射る。当たればそれでよし。当たらなくとも敵は矢を恐れて漕げなくなるだろう。

深谷は矢をつがえた。水主は自分が標的になったと悟り、櫓を捨てて火薬箱の陰へ隠れてしまった。深谷はそれでも矢を放った。脅しだ。矢は火薬箱に当たった。男は矢が怖くて出てこられない。敵舟は舳先の棹で押すだけなので進みが遅くなった。徐々に近づいていく。

程よい距離になったところで、倉田は火薬箱めがけて手かぎを投げつけた。今度はうまく突き刺さった。もう逃げられない。倉田は縄を手繰り寄せた。これを阻止しようと火薬箱の陰にいた水主が刀を抜き、縄を切ろうとした。深谷がまた矢を放とうとすると、男は隠れた。その瞬間、倉田がぐいっと縄を思いっきり引っ張ったので、舟は艫に突っ込んでいった。倉田たちはなんとか衝撃に耐えたが、隠れていた男は弾みで舟から転落してしまった。

残りは一人。倉田は荷舟に乗り移り、火薬箱をはさんで対峙した。さっきはほとんど動かずに一太刀で倒せたが、揺れる狭い舟の上で長い打刀を振り回すのは難しい。ましてや間にある火薬箱が邪魔になる。棹もそうだ。男もそう思ったのだろう。棹の先を六尺ほど斜め切りして扱いやすくした。その棹を槍のように構え、なんども扱《しご》く。まだ若いが槍の心得はありそうだった。

倉田はそれを見て、左手に持った刀で相手を制し、右手で箱に刺さっている手かぎを抜き取った。次に縄を素早く切り落とし、抜き身と鞘を火薬箱の上に置いた。

「おたがい戦う準備ができたようだな」

「小癪《こしゃく》なやつじゃ。おめーたちゃ賊軍の間者《かんじゃ》じゃろーが。死ねっちゃ」

男は言い返すやいなや、鋭く突いてきた。倉田が避けると素早く棹を引き、またすぐに突く。倉田は少しずつ後ずさりした。男が突く棹は、腰ほどの高さに積み上げた火薬箱の上から伸びてくる。

倉田が右後方に体を引くと、男は左横に入り込んで突いてきた。倉田は体を開いて避けた。と同時に伸び切った棹に手かぎを思いっきり叩きつけたので、かぎ先が火薬箱のふたに突き刺さり、棹はかぎとふたに挟み込まれてしまった。倉田はすぐに手かぎを放して箱の上の刀をつかみ、そのまま相手の喉を突いた。男は防ぎようもなく、血を吹き出しながら崩れ落ちた。

ほっとした倉田が刀を鞘に収めようとしたとき、「危ない」という声が聞こえてきた。次の瞬間、倉田は何者かに帯の後ろをつかまれ、抵抗する間もなく大池へ投げ出されてしまった。

十

「お目覚めどすか」

「あ、お信乃さん。わたしはどうしてここに？」

「高熱で三日三晩寝てはりました」

「とすると、今日は八、いや九日ですか」

倉田が布団から起き上がると、孝助もそばにいた。吉田屋敷の客間だ。

「大池で長州兵に投げ落とされ、溺れかかったのです」

「長州兵？」

「そうですよ。そこを信乃さんが助け上げたのです。倉田さんは泳ぎができなかったのですか」

「習う機会がなかったのだ」

と倉田は恥ずかしげに弁解した。

「ほほほほ。海賊が泳げへんとは」

信乃は倉田が目覚めたので、ほっとしたのだろう、軽口を叩いた。

「面目ない。舟がぶつかったときに池へ落ちた男のしわざですか」

「そうどす。深谷さまが戦いに気を取られているあいだに、こっそり舟に上がりはったんでっしゃろ」

「お信乃さんは溺れそうになっている倉田さんを見て、すぐに着物を脱いで湯文字《ゆもじ》一つになり、池へ飛び込んだのです。男のほうは深谷さんが始末しました」

信乃は倉田を舟に乗せて水を吐き出させると、冷え切った体を温めるために抱き締め、急いで久保田浜へもどった。駆けつけた孝助が櫓を漕ぎ、後のことは深谷と忠兵衛に任せたという。

「それから三日三晩もです。まるで夫婦みたいに」

「いややわ、孝助さん。震えていた最初だけどす」

倉田は照れたが、すぐに礼を言った。

「お信乃さん。おかげで命拾いをしました。ありがとうございました。で、孝助。黒鍬之者たちはみな無事だったのか？　荷舟はうまく爆発したか？」

「すべてうまくいきました。倉田さまの目論見どおりです」

孝助は忠兵衛に聞いた話を倉田に伝えた。倉田たちが浜へもどった後、深谷と忠兵衛は残りの荷舟に桶を積み終え、護衛兵を全員撃ち取った黒鍬と合流した。それからみなで手分けして火縄に火をつけると、一目散に現場を離れた。黒鍬は大坂城へ帰還するために南岸の安田村を目指し、深谷も同行した。忠兵衛は久保田浜へ向かったが、二町ほど行ったとき、後ろから爆発音が聞こえてきた。振り返ると、四艘の荷舟が次から次へと爆発し、木っ端微塵《みじん》になったという。

「忠兵衛さんはこちらで一晩過ごされたあと、京へもどりました。倉田さまの容態が気がかりだったようですが、お信乃さんが付いているので安心だと言って」

話し声を聞きつけて、智右衛門がやって来た。

「回復しはりましたか」

「最後の最後まで面倒をおかけしまして、痛み入ります」

倉田は頭を下げた。

「ところで薩長の者たちは小倉村へ探索にやって来ませんでしたか？」

「はい。次の日の昼過ぎに。例の淀藩のお侍と長州藩の監察らしき人物が来はりました。お侍は焔硝蔵に残っていたとかで、淀にもどると舟が行方不明になっていたさかい、捜索に来たんやとぶつぶつ話しとりました。ほんで六艘の舟を見いひんかったか、爆発音を聞かへんかったかと問い質されましたが、音は確かに聞こえたけんど、戦が恐ろしゅうて家でじっとしとったさかい、何も見てまへんと答えときました。村の者もそんなふうに答えたやろと思います」

「不審を抱いて、また調べに来ると言うことは？」

「来いひん思います。長州嫌いなんか佐幕派なんかようわかりまへんが、あのお侍は監察に協力的ではなかったでっさかいに。監察のほうもあまりやる気がなさそうどした。勝ち戦になっているためやろと思いますわ。そやから、落ち武者に襲われたとか、事故に遭ったとでも処理するんやないでっか。それから、むくろのほうは黒鍬のみなさんが集めはったようで、安田村あたりの岸辺でみないっしょに発見されたと聞いとります。いずれにせよ、小倉村との関わりはわからんと思います」

「そうであればよいのですが。で、戦のほうはどんな具合ですか？」

「負け戦のようどす」

「やはり」

「七日までに徳川方の大半が大坂城へ退却し、慶喜公は船で江戸に帰りはったという噂が流れております。ほんでつい先ほど入ってきた話やと、お城のあちこちが爆発炎上しているっちゅうことでして……」

「えっ」

倉田は絶句した。薩長軍の砲撃を受けたのか自ら火を放ったのかはわからないが、わずか三日の間にここまで追い詰められるとは思いもしなかった。徳川方は抗戦するのを諦めたのだろうか。しかも慶喜公が大坂城から脱出したとは。解せなかった。

「智右衛門どの。わたしはこれから大坂へ行きます。永井さまのことが気になります」

智右衛門と信乃はおどろいた。

「お止めください。お体が弱ってはります」

「そのうえ、大坂のお城に着くまでに暗くなります。危険どす」

孝助も言った。

「明日にしてください。わたしがお供をします。それまで腹一杯飯を食らい、また寝て体力を養いましょう」

「そうどす。倉田さま」

三人に引き止められ、倉田は引き下がらざるをえなかった。

翌朝、倉田は孝助と連れ立ち、大坂を目指した。十六から草内へ木津川を渡り、興戸、穂谷《ほたに》、尊延寺、津田を経て、北河内の平野へ出る。熱が下がり、腹を満たしたので、体力は回復した。

穂谷まで来たとき、倉田は交野山へ登ってみることにした。少し寄り道することになるが、大坂城まで見通すことができる。それからふもとの倉治《くらじ》村へ下りればいい。

岩だらけの急坂の先に、頂上の観音岩が見えてきた。行く手をさえぎる巨大な岩だ。一気に這い上ると、目の前の視界が広がった。よく晴れた日だった。右手に淀川が流れ、正面から左手にかけて河内平野が広がっている。その奥に浪速の町があり、大坂城から黒い煙が幾筋か立ち上っていた。西垣の望遠鏡があれば、爆発と火災で多くの櫓を破壊された城がくっきりと見えただろう。

倉田は孝助とともに岩に座り込み、じっと大坂城を見つめた。

しばらくすると、孝助が話しかけてきた。

「慶喜公は江戸で体勢を建て直し、天下分け目の戦いをするおつもりなのでしょうか」

倉田は自問自答するように言った。

「幕臣としてはそう思いたいが、それなら味方を捨てて帰るようなことはしないはずだ。むしろ、本気で戦をするつもりがあれば、大坂城に踏みとどまる。残存兵力と海軍を使えば勝てるからだ。江戸や諸藩からの援軍もすぐに駆けつける。ところが、なぜかそうしなかった。戦を嫌ったのか、それとも朝敵として追討されることを恐れたのか」

「あるいは内戦に乗じて西洋諸国が侵略してくるのを避けるためではありませんか」

「西洋事情に通じている人たちに話を聞くと、西洋諸国の干渉や侵略の可能性はほとんどないという。彼らの目的は交易が主なのだと。このことは慶喜公もご存じのはずだ。だから江戸へ逃げ帰った理由がますますわからなくなるのだよ。しかも慶喜公は、自分を盟主とする諸侯の統一政権をめざしていたのだからね」

「それをあきらめたということですね。戦わずして」

「そう考えるしかない。だがこのまま引き下がれば、好戦的で謀略が得意な薩長に新政府を牛耳らせることになる。そんなかれらの政治は復古的なだけではなく、専制的で血なまぐさいものになるだろう。慶喜公の考えはともかくとして、それは阻止したいところだ」

「また幕府を中心とする政治にもどすのですか」

「いや。幕府の時代は終わった。もう元にはもどせない。ゆくゆくは武士や公家という存在もなくなるだろう。そんな世にふさわしいのは、徳川独裁政権でも王政復古でも慶喜公が主導する諸侯連合でもない。人々に入れ札で選ばれた代表が基本的な法に基づいて行う政治だ。これは万延元年の遣米使節でアメリカに行った三村たちが見聞きしてきた政治のあり方で、わたしはアメリカ彦蔵からもじかに聞いたことがある。永井さまも将来はそんな時代を迎えるだろうと話していた」

倉田の話をはばむように、突然、大坂城から火が噴き出した。すぐに轟音《ごうおん》が届き、次から次へと黒煙が立ち上っていった。倉田は焔硝蔵だと直感した。三万五千筋の火縄、二万貫の黒色火薬、鉛玉四十万個を貯蔵している焔硝蔵が爆発したのだ。

倉田と孝助は無意識に立ち上がり、口をあんぐりと開けて大坂城を見つめた。

やがて、倉田が言った。

「自分たちで火を付けたのだ。戦うことを止めた徳川軍は大坂城から撤退した。その置き土産として城を爆破したのだ」

「慶喜公が命じたのですか。ご自分が去ってから爆破せよと」

「いや、違う。あの方には意地も情もない。命じたのはおそらく永井さまだろう。薩長に城をそっくりそのまま明け渡すことを嫌い、兵たちを無事に江戸へ帰すために爆破させたのだ。実行したのは黒鍬之者たちだろうな」

「幕臣の意地ですか」

「そうだ。残った莫大な武器弾薬を江戸攻撃に使わせないためにもね。今頃は永井さまも黒鍬もみな紀州か伊勢へ向かっていることだろう。そこから船で江戸に帰るのが、一番安全で早い」

「深谷さんも江戸へ？」

「おそらく。深谷さんのことだ。江戸で薩長と戦うつもりになっているはずだ。存命なら息子どのとともに」

「倉田さんはこれからどうされますか？　わたしは付いていきます」

「大坂の様子を見にいく。それから京に上り、江戸へ向かう。永井さまに事の顛末を報告しなければならない。あとのことはそれからだ」

倉田はそう言って岩から飛び降りると、河内の平野へ下りはじめた。孝助はあわててその跡を追いかけた。大坂城からまた爆発音が聞こえてきた。あたかも徳川幕府二百六十五年の終わりを告げるかのように。

エピローグ

「さて、諸君。いよいよ今日から明治に入るが、その前に先週配ったプリントの感想を聞きたい。質問があればお答えします」

網野公彦はうれしそうに言った。ただ教科書をなぞって教えるよりも、生徒と話をするのが好きなのだ。だが甘い教師ではない。「歴史学習の肝は用語」というのが網野のモットーで、テストで漢字を少しでも間違えると、容赦なく×を付ける。その厳格さは、生徒たちが陰で漢字オタクと呼んでいるほどだ。

「トップバッターは海野、辛口評論家のおまえさんだ」

当てられた海野次郎は嫌そうに言った。

「先生。おれ、ざっと読んだだけですよ」

「かまわない。なんでも言い給え」

海野はそれを聞いて、ニヤリと笑った。

「では、お言葉に甘えまして。面白かったんですけど、小説チックになっている部分が多いような気がするんです。お信乃さんの場面とか。締めの文章も倉田さんが顛末書に書くような内容じゃないですよね」

網野は顔を赤らめ、弁解した。

「少し筆が滑りすぎたかもしれないが、そこは本筋ではないから勘弁してくれたまえ。そんなことより、中身でなにか聞きたいことはないのかね」

「本当にあったことなのかどうか確認できるのかなと思いました。埋蔵金とか金銀財宝って、テレビや週刊誌がネタに困ったときに取り上げることが多いじゃないですか。ほんのちょっとした噂に尾ひれを付けて、ロマンがあるとかなんとか。赤城山中の徳川埋蔵金なんていうのもその類いでしょう」

「ああ、あれだね。大老井伊直弼が命じて、異国との戦争に備えるため四百万両の軍資金を隠したとかいうやつ。幾つもバリエーションがあるようだけど、すべて単なるおとぎ話だろうね」

網野はそう言って、ほかに二つの例を挙げた。

一つは、鳥羽伏見の戦いのときに勘定奉行だった小栗忠順《おぐりただまさ》が、江戸開城の前に自分の領地へ持ち帰ったという二十万両だ。在職中に蓄えた不正資金とされている。しかし小栗は万延元年の遣米使節に目付として加わり、その後は横須賀製鉄所の建設や兵器の国産化など幕府の改革に敏腕を振るった清廉かつ有能な旗本だ。最後の三河武士と言われているほどの人物で、ありえない話である。小栗は領地で反乱を企んでいるとして、官軍側に取り調べもなく斬首された。さらに家財を没収されているが、大量の金銀貨などは発見されなかった。山中に隠したという形跡もない。

二つ目は榎本武揚《たけあき》の十八万両。焰硝蔵が爆発する二、三日前に大坂城から運び出し、船で江戸へ輸送した幕府の金だ。この金の一部が幕府派遣フランス留学生の帰国費用に使われたことはわかっている。問題は残りの大金だった。軍資金や蝦夷《えぞ》地開拓資金として、榎本が開陽丸で箱館へ持ち去ったと言われているのだが、行方が未だにわからない。というのも開陽丸は箱館入港後まもなく江差沖で座礁沈没したからである。何度か遺留品の引き揚げが試みられたが、大量の金銀貨や金塊は発見できなかった。もっとも、本当に江戸から持ち出したのかどうかさえわかっていない……。

海野が鋭く突いた。

「でしたら先生。二条城公用金の場合は証拠があるんですか？」

網野は悩ましげに答えた。

「これも確たる証拠はないが、倉田の手記はオリジナルの古文書だ。筆写でも翻刻されたものでもなく、ましてコピーでもない。和紙はその時代の物で、文章や中身を検討してもおかしなところはなかった。だからわたしは本物だと思っている。それでも念には念を入れて、もっと多角的に検討してみる必要はあるだろうね」

「どうやって確認するんですか」

「一番確かなのはむろん発掘調査だ。大池は干拓されてしまったが、沈めたと思われる場所を掘って二千両箱が出てくれば、事実だったと証明される。ただしわたしのこれまでの調べからして、倉田はすべてを引き揚げたと思う。そうだとすると、倉田と仲間たちのその後を調べて、日記や証言記録などを探すしか方法がない」

「永井尚志さんなら史料がかなり残っているのではありませんか」

「それはそうだが、二条城公用金に触れたものは何もなかった。当然だろうね。慶喜に黙って極秘に持ち出したわけだし、新政府には知られたくないという気持ちがあったはずだからね」

西上しのぶが手をあげた。

「わたしが感じたのは、歴史上の出来事の裏には、知られていないさまざまな動きが隠れているのだなということです。それと、先生は古文書をどこで見つけたのだろうと思いました」

森久子も質問をした。

「わたしは公用金の行方と倉田さんたちのその後を知りたいです」

「そうだね。一番興味があるところだろうから、先にその話をしよう。まずは永井尚志に触れておかなければならない」

網野はそう前置きして、いつものように横道に逸れた。

「永井は慶喜が逃げ帰ったあとも大坂城に残り、旧幕府軍の撤退を助けて退去した。大山《おおやま》柏《かしわ》という戊辰戦争研究家は、その著書『戊辰役戦史』という本でこの撤退にふれ、『紀州藩と交渉し、官軍の目を潜って手際よく幕兵を退去させたのは、主としてみずから危地に踏止まった永井尚志の仕業らしい』と述べている。そのうえで『全軍無事に江戸に帰還しているのだから見上げたものだ。まさに戊辰のダンケルクである』と賞賛している。ダンケルクというのはドーヴァー海峡に面したフランスの町だ。第二次世界大戦初期、ドイツ軍に敗れた三十万の英仏連合軍が船で撤退に成功した地として有名になっている」

「その戦争映画を見たことがあります」

海野が合いの手を入れた。

「わたしも見た。迫力のある映像だったね。ちなみに大山柏は、戊辰戦争から西南戦争、日清日露の戦争を戦った薩摩出身の陸軍元帥、大山巖《いわお》の息子だ。母親は鹿鳴館《ろくめいかん》の花と謳われた山川捨松《すてまつ》。日本初の女子留学生として津田梅子とともに渡米した女性でもある。捨松は会津藩国家老の娘だったので、大山柏は戊辰戦争で敵同士だった薩摩と会津の血を引いていることになる。また捨松の兄つまり伯父は山川浩《ひろし》と言い、会津藩が今のむつ市のあたりに移されたときに、家老として大変な苦労をしながら藩士たちの面倒を見た人物だ。のちに陸軍の軍人となり西南戦争を戦ったが、幕末史の史料として貴重な『京都守護職始末』を書き残したことでも知られている。こういうところにも歴史の面白さがあると言えるね」

「大坂城を爆破させたのは、やはり永井さんですか」

「うーん。それはわからないとしか言いようがないね。ただ当時は、大坂城の引渡し役として残っていた妻木頼矩《つまぎよりのり》という目付のしわざだとする見方があった。彼もまた昌平黌の出身で、儒者や蕃書調所《ばんしょしらべしょ》頭取、外国係担当の目付を歴任したインテリの幕府官僚だ。永井とは昌平黌の同期であり、甲府徽典館の学頭もしている。だからわたしは、これも証拠はないが、大坂城に最後まで残った若年寄の永井と目付の妻木が相談のうえで実行したのだと思っている。永井が幕臣たちを紀州へ逃すあいだに、妻木は黒鍬之者たちを使って大坂城を爆破させる。そして徳川と薩長側の仲立ちをしている尾張藩と越前藩に城の残骸を引き渡すという算段だ」

「確かに手際がいいですね」

と海野が素直に感心したので、綱野は微かに笑った。

「ちなみに、妻木は『慶応戊辰正月七日大坂城尾越《びえつ》御両家へ引渡始末』という手記を書いており、爆破への自らの関与を否定している。事の真相はともあれ、いかにも江戸の旗本らしい粋なやり方だとは思わないか。しかも犠牲者を出さずに。もっとも大坂の町人平野屋武兵衛の日記には、米を盗むために城へ入り、巻き添えを食った者が多数いると記されている。これは伝聞なので、確かなことはわからないが、米泥棒が入って死人が出るなど、妻木さんは露も思わなかっただろうね」

「いずれにせよ、鳥羽伏見の戦いはあざやかな負けっぷりですが、逃げっぷりもいいですよね」

海野の言い方を網野がおもしろがった。

「はっはっはー。まったくもって、そうだな」

「先生」と森久子が手をあげた。

「質問かな」

「いえ。先ほどの山川さんのことです。わたしの祖父は福島の地方紙を購読していますが、このあいだ、その山川さんの話題が載っていました」

「ほう、どんなことかな？」

「山川さんは鳥羽伏見で戦ったあと、会津へ逃げ帰る途中の和歌山で病気になり、旅館のご主人にお世話になったそうです。そのご主人への礼状とお礼の品々が最近になって見つかったというのです」

「それはいい話だね。いかにも律儀な会津武士らしい」

網野はそう言って、あとで新聞を検索するため手帳にメモをした。生徒と話をしていると何かと触発されることが多い。

「さて、永井さんにもどろう。箱館戦争のおさらいにもなる」

海野がニタリとした。網野がさりげなく強調したところはテストに出るからだ。

「江戸に帰った永井尚志は主戦派ではなかったが、恭順の意を示す慶喜に若年寄を罷免されて登城停止となった。その半年後の八月十九日、旧幕府艦隊を指揮する榎本武揚らとともに、品川沖から奥州経由で箱館へ向かう。そのときの趣意書には、『あるべき王政一新が一部の強藩によってねじ曲げられ、徳川家の処置が不当である』とか、『徳川家臣団のために蝦夷地の開拓を許可してほしい』と書かれていた。永井たちの胸には薩長のやり方に対する憤りはあったが、戦争をして巻き返すという意図はなく、北海道に新天地を求めたのだね。それから注意しておくけど、『はこだて』は『箱館』と書くこと。『函館』としたらテストは×だ」

「どっちもいっしょじゃないですか。場所が変わったわけじゃあるまいし」

海野がいまいましそうに言った。

「函館は箱館戦争の翌年から使いだした表記なので、以降と以前では使い分けなければならない」

西上しのぶが聞いた。

「江戸から東京、大坂から大阪も、鳥羽伏見の戦いのすぐあとですよね。新政府はよほど時代の変化を演出したかったのでしょうか」

「そうだと思うね」

網野は簡単に答え、その後の永井について話を続けた。

永井たちは蝦夷地開拓の嘆願が受け入れられず、箱館を拠点に事実上の独立政権を作った。このとき「合衆国の法制に倣い、上等士官以上の者で入札をする」として選挙を実施し、総裁に榎本武揚、陸軍奉行に大鳥圭介、箱館奉行に永井尚志らを選出している。ところが新政府はこの動きを許さず、反乱軍と見なして軍隊を派遣してきた。彼らはやむを得ず五稜郭に立てこもって戦うが、物量に勝る新政府軍に敗れてしまい、戊辰戦争はここに終結する。

投降した永井や榎本たちは東京で囚人となった。二年半後の明治五年一月に特赦を得て釈放され、新政府に請われて出仕する。が、永井自身は明治八年十二月に突然罷免されてしまう。理由は不明だ。永井はこれ以降、向島の岐雲園で余生を送ることになる。没したのは明治二十四年。七十六歳だった。

「これを倉田の動きで見ると、大坂城炎上後、孝助とともに江戸へ向かった倉田は永井に公用金の件を報告し、顛末書を書き残すように言われた。二か月後には小倉村へもどったのだが、七月にふたたび江戸へ赴き、箱館へ行く前の永井と会った。このときに、公用金を蝦夷地開拓資金として用いるので、時が来るまで保管しておくようにと後事を託されたのではないかな」

「ところが箱館戦争に敗れたため計画は水の泡となり、倉田さんは永井さんが出獄するまで小倉村で待ったのですね」

「そうだと思う。どうやら名探偵西上くんにはもうわかったようだね。古文書が出てきたのは小倉村の吉田智右衛門家だ。巨椋池が干拓されると、吉田家は茶業一筋でやって来たが、一年ほど前に屋敷を解体修理することになった。そこで解体に備えて当主が屋敷を整理したところ、仏間の長押と小壁の間から、油紙で厳重に包んである古文書の束を発見した。その話を聞いた地元の高校教師が、近世民衆史の研究仲間であるわたしに教えてくれたというわけ」

「と言うことは、倉田さんはお信乃さんと結婚をしたのですね」

「当たり。孝助は二人の祝言に立ち会ってから、故郷の信州へ帰ったらしい」

「なぜそんなことがわかったのですか」

「倉田のその後を知り得たのは、吉田家の家長が代々書き継いできた日次記《ひつぎき》つまり日記が残っていたからだ。のちに倉田が智右衛門を襲名して当主となってからの分もあった。わたしはすべて読んでみたが、公用金については一切触れていない。ただ一つ、祝言の一日前の記事に『婿どの孝助どの並びに信乃が例の屎桶箱の移動を無事終える』という意味のことが書いてあった。そこでわたしは思った。これは三人で二千両箱を引き揚げ、別の安全な場所へ移したことを示しているのだと」

「その場所は？」

「書いてなかったが、そんなに遠くではないだろう。屋敷からほど近い春日神社とか。この神社は明治に入って巨椋神社と改称されている。ついでに言えば、倉田たちが宇治川から大池へ抜けるときに利用した閘門は、祝言からすぐあとの五月十二日に発生した、お釜切れと呼ばれる宇治川の大洪水で決壊している。おそらくこのとき、倉田はすでに書き上げていた顛末書を水から守るために、油紙に包んで長押《なげし》に隠したのだと思う。二千両箱も引き揚げが遅かったら、池の底で行方がわからなくなっていただろうね」

ここまで話すと、綱野は用意した大きな紙を黒板に広げ、粘着テープで貼った。それは宝物を隠した場所を示す地図などではなく、何やら簡単な表だった。

綱野は言った。

「公用金を隠した場所は不明だが、使途は推測できる。これがそうだ。予習をしてきた人にはわかるね。自由民権運動に関わる出来事とその場所、そして日付だ。カッコの中には日次記に書いてあった倉田の旅行先と用件、日付を記している。十例だけ挙げてみたが、見てわかる通り双方は関連している」

網野はそのうちの一つ、五日市憲法草案について説明した。

これは一八八九（明治二十二）年の大日本帝国憲法発布以前に民間で作成された多くの私擬《しぎ》憲法つまり憲法私案の一つであり、立憲君主制、議院内閣制、三権分立主義を柱にし、国民の基本的権利に重点を置いた民主主義的な草案だった。正式には日本帝国憲法というが、この草案を生み出した村の名にちなみ、五日市憲法と呼ばれるようになった。五日市は東京西部にある現在のあきる野市で、当時は自由民権運動が盛んな土地だった。

土地の人たちは運動の参加者である地主の深沢権八《ごんぱち》をリーダーに憲法の勉強と討論を重ね、草案の起草は小学校教師の千葉卓三郎《たくさぶろう》が行った。千葉は戊辰戦争に従軍した元仙台藩士だ。日次記には、倉田がこの千葉や深沢と会うために五日市を何度か往復し、行き帰りには岐雲園に立ち寄って永井と面談していたことが記されていた。

「わたしが倉田の手記を読むために吉田家を訪れたとき、客間に憲法の条文らしき書が飾られており、書の末尾には永井尚志の雅号である「介堂《かいどう》」という落款《らっかん》が押してあった。そのときわたしは古文書に気を取られていたため、晩年の永井は私擬憲法に関心があったのかと思っただけだった。ところがあとで調べてみると、それは五日市憲法第四十五条の条文で、永井と倉田が五日市憲法と関わっていたことを示す傍証だったのだ」

網野はそう述べると、黒板に条文を書き出した。

日本国民ハ各自ノ権利自由ヲ達ス可シ
他ヨリ妨害ス可ラス且国法之ヲ保護ス可シ

網野が凜とした声で朗唱し、生徒たちをうながすと、みな声高く読みはじめた。やがて教室に清々しい静寂が訪れた。網野はつかの間その余韻を味わった。

「使途について具体的な証拠があるわけではない。それでもあえてわたしの推測を述べるならば、永井と倉田は公用金を使って、国会開設や憲法制定の気運を高めようとしたのだと思う。つまり文字通りの公論の喚起だ。鳥羽伏見の戦いに勝った新政府側は、江戸城総攻撃の前日に五箇条の誓文を発布、第一条に『広く会議を興し、万機公論に決すべし』と謳った。ところが実際には、薩長土肥はそれを無視し、藩閥政府による専制政治を行った。

これを有司《ゆうし》専制と呼ぶ。有司とは官僚を意味する言葉だ。二人はこの有司専制を打破しようとする自由民権運動に共鳴し、その気運を促進しようと考えた。そのために倉田は永井と相談しながら、各地の自由民権運動家たちと接触し、資金や情報を提供したのだ。五日市のように」

「先生。二人が自由民権運動を支援したのは、日本もアメリカのような民主主義の国になってほしかったからでしょうか」

西上しのぶが確認した。

「そうだと思う。永井は榎本ら旧幕臣とともに、箱館でそれに近いことをめざしていた。新政府に敗れなかったら、蝦夷共和国として実現していたかもしれないね」

海野が疑問を口にした。

「主君である慶喜さんの許しを得ずに、かってに公用金を使えるんですか」

「うーん。鋭い質問だけど、答えはノーでもありイエスでもある。慶喜個人のお金ではなく、瓦解した幕府の政治資金だ。行き場を失ったお金なのだ。二人が日本の将来のために使うべきだと考えても不思議ではない。しかし道義的には、すでに旧主とはいえ慶喜に話すべきだったのかもしれない。実際、それを試みたと思われる事実がある。明治十一年

（一八七八）の五月十八日に、永井は静岡隠居中の慶喜を初めて訪ねたのだ。ところが慶喜は会おうとしなかった。理由はわからない。この四日前には大久保利通が暗殺され、前年は木戸孝允が病没。西南戦争では西郷隆盛が自刃している。そして各地で農民騒動や士族の反乱が続出していた。永井と倉田が公用金を世直しのため、新しい日本を創るために使うという決意を固めたのは、このときだろう」

　森久子が言った。

「ということは、倉田さんは大池から引き揚げた公用金を、信乃さんといっしょにずーっと守ってきたのですね？」

「そうだと思う。はじめは蝦夷地開拓の資金として使うために。ところが五稜郭の戦いに敗れて永井たちは獄中の人となり、公用金の使い道がなくなった。そこで倉田は永井の出獄を待った。放免されると、二人でいつどのように用いるべきか検討を重ねた。自由民権運動が始まると、これだと思ったことだろう。ただ、彼らと自由民権運動との関わりについては不明の部分が多すぎて、わたしにはこれ以上話すことができない。新たな史料が出現することを期待するしかないが、これだけは言える。日次記から読み取ると、倉田は初期の士族を中心とした武力闘争をともなう自由民権運動とは接触していない。第二段階の、最盛期の運動を担った農村指導層や都市ブルジョワ層、貧困層が接触の対象になっている。五日市がまさしくそれだ。そこに二人の期待と思いがあったのだろう。ともあれ、自由民権運動そのものについては、これからの授業で説明していく」

二人の女子生徒はうなずいた。

「余談の最後にこれだけは言っておこう。敗者あるいは弱者の視点に立つと、歴史の見方が変わってくる。事実は一つであっても、それぞれの立場で見えているものが異なるからだ。したがって、出来事の意味を正確につかむためには、一方に偏らず複眼的に見ることが肝要なのだ。そうだろう、海野」

「はい。先生の授業の肝は余談にあるということです」

海野が混ぜっ返したので、クラス中が爆笑した。

（終わり）

編集部註／作品中に一部差別用語とされている表現が含まれていますが、作品の舞台となる時代を忠実に描写するために敢えて使用しております。

主な参考文献

『永井尚志』高村直助（ミネルヴァ書房　二〇一五）
「甲府徽典館の創設と展開」平山優（『山梨県史通史4』　二〇〇七）
『江戸幕府崩壊』家近良樹（講談社学術文庫　二〇一四）
『鳥羽伏見の戦い』野口武彦（中公新書　二〇一三）
『戊辰戦争』保谷徹（吉川弘文館　二〇〇七）
『補訂戊辰役戦史（上）』大山柏（時事通信社　一九八八）
『幕末維新京都町人日記』高木在中（清文堂出版　一九八九）
『二条城―名城をゆく二十二―』（小学館　二〇一六）
『特別展巨椋池』宇治市歴史資料館編（二〇一一）
『流域紀行・宇治川の原風景をたずねて』宇治市歴史資料館編（二〇〇五）
『宇治市史3』林屋辰三郎・藤岡謙二郎編（一九七六）
『久御山町史』久御山町史編さん委員会編（一九八六）

『宇治の散歩道第三集』宇治市文化財愛護協会編（二〇〇九）
『淀川両岸一覧・宇治川両岸一覧』暁鐘成（柳原書店　一九七八）
『トイレ・屎尿考』日本下水文化研究会屎尿研究分科会編（技報堂出版　二〇〇三）
『洛中塵捨場今昔』山崎達夫（臨川書店　一九九九）
『角倉一族とその時代』森洋久編（思文閣出版　二〇一五）
『京都の歴史5』京都市編（学芸書林　一九七二）
『高瀬川』田中緑紅（京を語る会　一九六九）
『新修大阪市史第四巻』新修大阪市史編集委員会編（一九九〇）
「永井玄蕃守随伴記」奥谷文吉（『加納町史・上』一八八〇）
『瓦版に見る幕末大坂の事件史・災害史』大阪城天守閣編（二〇一一）
「村摂記」村山鎮（『未刊随筆百種第3巻』中央公論社　一九七六）
「妻木頼矩手記」妻木頼矩（『維新日乗纂輯3』日本史籍協会　二〇一四）
『幕末維新大阪町人記録』脇田修・中川すがね編（清文堂出版　一九九四）
『五日市憲法』新井勝紘（岩波新書　二〇一八）

【著者略歴】

宮澤　洋一（みやざわ　よういち）

一九四八年岩手県生まれ

大池戦記《おおいけせんき》 ―二条城公用金山城国大池隠置《にじょうじょうこうようきんやましろのくにおおいけかくしおき》ノ顛末《てんまつ》―

2019年7月26日　第1刷発行

著　者 ― 宮澤《みやざわ》　洋一《よういち》

発行者 ― 佐藤　聡

発行所 ― 株式会社 郁朋社《いくほうしや》

〒101-0061　東京都千代田区神田三崎町 2-20-4
電　話　03（3234）8923（代表）
ＦＡＸ　03（3234）3948
振　替　00160-5-100328

印刷・製本 ― 日本ハイコム株式会社

装　丁 ― 宮田　麻希

落丁、乱丁本はお取り替え致します。

郁朋社ホームページアドレス　http://www.ikuhousha.com
この本に関するご意見・ご感想をメールでお寄せいただく際は、
comment@ikuhousha.com までお願い致します。

 ISBN978-4-87302-698-5 C0093